Mit Enid Blyton durch das Jahr

Wintergeschichten

Illustriert von Ruth von Hagen-Torn

Bertelsmann Jugendbuchverlag

Aus dem Englischen ausgewählt und übersetzt von Joana York

Dieser Auswahl lagen folgende englische Titel zugrunde:
Chimney Corner Stories
Bluebell Story Book
The Enid Blyton Holiday Book
Holiday Book 2, 5, 6, 7, 8, 11

Einband von Ruth von Hagen-Torn
Gesamtherstellung Mohndruck Reinhard Mohn OHG, Gütersloh
ISBN 3 570 – 07494 – 3 · Printed in Germany

Inhaltsverzeichnis

Vom Hund, der niesen mußte

Es war einmal ein Hund, der hieß Collie, weil er nämlich ein Collie war – ein schottischer Schäferhund. Er lebte auf dem Hof, wo eine große Hütte für ihn stand, denn er war ein großer Hund. Er lag an der Kette, weil er das Haus seines Herrn bewachen mußte, und Herr Schnäuzer – so hieß sein Herr – wollte nicht, daß er frei herumlief und vielleicht weit vom Haus wegrannte.

Also war Collie immer angekettet, nur dann nicht, wenn Herr Schnäuzer mit ihm spazierenging. Oft langweilte er sich sehr. Es machte keinen großen Spaß, Tag und Nacht in der Hütte oder davor zu sitzen, wenn er viel lieber Kaninchen gejagt oder seine Freunde besucht hätte. Er konnte laut bellen, wenn ein Fremder auf den Hof kam, aber das war auch alles.

Genau das sollte er tun. Herr Schnäuzer war nämlich ein Geizkragen und hatte einen ganzen Haufen Geld im Rauchfang über dem Küchenherd versteckt. Sobald er Collie bellen hörte, wußte er, daß jemand kam, und konnte aufpassen.

Als es Winter wurde, legte Herr Schnäuzer sich noch ein paar zusätzliche Decken aufs Bett. Er kaufte mehr Milch als sonst beim Milchmann, damit er abends welche heißmachen und in der Thermosflasche auf das Nachtschränkchen stellen konnte. Daneben stand eine Büchse mit seinen Lieblingsplätzchen, die er zu der heißen Milch aß. So hatte er nichts dagegen, daß er nachts manchmal wach wurde, denn dann goß er sich ein Glas heiße Milch ein und knabberte ein paar Plätzchen dazu. Danach lief er rasch in die Küche hinunter, griff mit der Hand in den Rauchfang hinauf, um nachzusehen, ob sein Geld noch da war, und legte sich glücklich und zufrieden wieder schlafen.

Er zog sich seine schönen warmen Decken über den Kopf und schlief beruhigt ein, wußte er doch, daß Collie ihn mit seinem lauten Bellen wecken würde, falls ein Landstreicher oder Räuber daherkam.

Es kamen kalte Tage, und des Nachts war es noch kälter. Collie hatte ein bißchen Stroh in seiner Hütte, aber nicht viel, und es war schon ganz niedergedrückt, weil er ja sehr schwer war. Ihn fror. Seine Kette klirrte, wenn er vor Kälte zitterte. Er kroch noch tiefer in seine Hütte und versuchte, das Stroh um sich herum auszubreiten, aber es reichte einfach nicht.

Er tapste nach draußen zu seinem Napf, um ein bißchen zu trinken und nachzusehen, ob vielleicht noch ein paar Brocken Hundekuchen übriggeblieben waren. Aber ach, das Wasser war hart gefroren, und sein Freßnapf war vollkommen leer.

Armer Collie! Er kroch in seine Hundehütte zurück und wünschte, Herr Schnäuzer hätte sie so herumgedreht, daß der kalte Nordwind nicht genau zum Eingang hereinblasen konnte. Wie sollte einem Hund warm werden, wenn ihm die ganze Zeit der Wind ins Gesicht wehte!

Collie fror immer mehr. Er zitterte immer heftiger. Dann merkte er, daß er niesen mußte, und zwar sehr heftig.
»Hattt-tschie!« nieste Collie laut.
Draußen schrie jemand vor Angst auf. Dann hörte Collie jemanden mit einer dünnen Piepsstimme leise sagen: »Warum hast du das denn gemacht? Du hast mich umgepustet!«
Collie steckte erstaunt die Nase nach draußen. Wer war denn das? Er hatte doch niemanden kommen hören! Ob er bellen sollte?
Vor der Hundehütte stand ein kleines Männchen in brauner Jacke, braunen Schuhen und braunen Strümpfen. Es trug eine Zipfelmütze und hatte einen langen grauen Bart. Seine hellen blauen Augen funkelten wie Sterne in einer kalten Winternacht.
»Nanu!« sagte Collie überrascht. »Wohl ein Zwerg, hm? Was machst du denn hier zu dieser nachtschlafenen Zeit?«
»Man hat mich zu einem Rotkehlchen gerufen, das halb erfroren war«, sagte der Zwerg. »Ich bin nämlich Arzt. Dr. Hilf-ein-bißchen. Vielleicht hast du schon von mir gehört.«
»Nein, eigentlich nicht«, sagte Collie. »Habe ich dich fast umgepustet, als ich jetzt gerade geniest habe?«
»Nicht nur *fast*«, sagte Dr. Hilf-ein-bißchen. »Richtig umgepustet. Ich habe einen fürchterlichen Schreck gekriegt. Was ist denn los mit dir, daß du so niest? Und warum rasselst du immerzu mit deiner Kette?«
»Hm, Zwerg, ich möchte ja nicht damit rasseln, aber

ich kann nichts dagegen machen, weil mir so kalt ist«, sagte Collie. »Die Kette klirrt, weil ich zittere.«
»Na, so was!« sagte der Zwerg. »Komm heraus aus deiner Hütte und geh hin und bell vor der Haustür. Dann müssen sie dich reinlassen ins Warme.«
»Das kann ich nicht«, sagte Collie. »Ich bin angekettet, kannst du das nicht sehen? Mir ist schrecklich kalt, weil ich mich nicht warmlaufen kann und auch nicht genügend Stroh habe, um mich hineinzukuscheln.«
»Das kann ich auf gar keinen Fall zulassen!« sagte Dr. Hilf-ein-bißchen, der plötzlich ein richtig zorniges Gesicht bekommen hatte. »Ich gehe jetzt sofort zu Herrn Schnäuzer und spreche mit ihm darüber. Armes Tier! Wie kann man dich nur so behandeln? Ich laufe und wecke deinen Herrn!«
Bevor Collie den Zwerg zurückhalten konnte, war der schon an der Hintertür, öffnete sie mit einem Schlüssel, den er bei sich hatte, und verschwand im Haus. Er ging sofort nach oben, von einem lauten Schnarchen angelockt. Er kam vor Herrn Schnäuzers Schlafzimmer an. Durch die offene Tür sah der Zwerg beim Schein der kleinen Lampe, die Herr Schnäuzer immer brennen ließ, den dicken alten Mann in tiefem Schlaf im Bett liegen.
»Wach auf!« sagte der Zwerg streng. Herr Schnäuzer rührte sich nicht. Der Zwerg stupste ihn. Herr Schnäuzer wachte auch jetzt nicht auf. Da glitzerte es in Dr. Hilf-ein-bißchens Augen. Er hatte den großen Stapel von warmen, flauschigen Wolldecken auf Herrn Schnäuzers Bett gesehen. Er sah die

Thermosflasche mit heißer Milch auf dem Nachttisch und die Büchse mit Plätzchen. Ja, darüber würde ein frierender und hungriger Hund sich freuen!

Der Zwerg steckte die Plätzchendose in eine Tasche und die Thermosflasche mit der heißen Milch in die andere. Dann zog er vorsichtig alle Decken vom Bett, packte sie sich in einem großen Ballen auf die Schultern und ging wieder nach unten. Herr Schnäuzer war jetzt nur noch mit einem dünnen Laken zugedeckt. Alle seine Decken waren weg.

Dr. Hilf-ein-bißchen schleppte alles nach draußen. »So«, sagte er zu Collie, während er ihm die Milch in seinen Napf schüttete. »Trink, solang sie noch warm ist. Und iß diese Plätzchen dazu – die werden dir gut schmecken. In der Zwischenzeit polstere ich deine Hütte mit diesen schönen Decken aus, und paß auf, dir wird ganz warm werden, sobald du dich hineinkuschelst.«

Collie freute sich mächtig. Er schlabberte die warme Milch in sich hinein. Mit großem Genuß mampfte er die leckeren Plätzchen. Dann machte er es sich zwischen den flauschigen Decken bequem, und der Zwerg deckte ihn noch gut zu.

»Es tut mir leid, daß ich nicht stark genug bin, um deine Hütte so zu drehen, daß der Nordwind nicht reinweht«, sagte er. »Aber ich glaube eigentlich nicht, daß du die Kälte jetzt noch spüren wirst.«

Collie spürte wirklich nichts mehr davon. Er schlief die ganze Nacht in seiner warmen, gemütlichen Hütte – ein glücklicher, zufriedener Hund. Wie nett von dem Zwerg, daß er sich solche Mühe um ihn gemacht hatte! Collie hätte dem Zwerg auch gern einen Gefallen getan, aber ihm fiel nichts ein.

Eine halbe Stunde später wachte Herr Schnäuzer vor Kälte zitternd auf. Er streckte die Hand aus und tastete nach den Decken. Die waren nicht da. Müssen wohl auf den Fußboden gerutscht sein, dachte er. Er setzte sich auf und guckte. Wie außerordentlich merkwürdig – auf dem Fußboden waren sie auch nicht. Ja, sie waren überhaupt nirgendwo zu sehen.

Frierend, verwirrt und erschrocken griff Herr Schnäuzer nach der Thermosflasche, um sich ein Glas heiße Milch einzugießen. Die Thermosflasche war leer! Der Zwerg hatte sie zusammen mit der Keksdose zurückgebracht und vorsichtig wieder auf ihren Platz neben Herrn Schnäuzers Bett gestellt. Keine Plätzchen – keine Milch – keine Decken! Herr Schnäuzer bekam es mit der Angst zu tun. Bestimmt mußten doch wohl Einbrecher im Haus gewesen sein – obwohl Collie nicht gebellt hatte!

Er schlich sich nach unten und fühlte nach dem Geldbeutel oben im Rauchfang. Er war noch da. Er holte ihn herunter und schleppte ihn mit nach oben. Er schloß die Tür ab und schaute sich nach einem Deckbett um. Da war nichts, was er zum Zudecken hätte benutzen können, außer einer Tischdecke, und die war nicht sehr warm! Also klapperte Herr Schnäuzer die ganze Nacht mit den Zähnen und konnte überhaupt nicht schlafen.

Am nächsten Morgen ging er hinaus, um mit Collie zu schimpfen, weil er – wie Herr Schnäuzer glaubte – einen Dieb hatte ins Haus kommen lassen, ohne ihn zu verbellen. Aber da sah er etwas in Collies Hundehütte, und Junge! war Herr Schnäuzer verwundert, als er feststellte, daß sie mit all seinen Decken ausgestopft war! Verdutzt zog er sie heraus.

»Wer hat das gemacht?« sagte er streng zu Collie. »Du kannst es ja wohl nicht gewesen sein, denn du bist immer noch angekettet. Ein *dummer* Scherz – ganz gleich, *wer* ihn sich erlaubt hat! Ich bin sehr ärgerlich!«

Da er alle Decken wieder mitgenommen hatte, fror den armen Collie in der nächsten Nacht so schlimm wie eh und je. Aber da kam wieder der Zwerg des

Weges, um nach ihm zu sehen – und oh, wurde er zornig, als er feststellen mußte, daß Herr Schnäuzer alle Decken weggeholt und Collie trotzdem kein bißchen mehr Stroh gegeben hatte! Ja, nicht einmal Wasser hatte er ihm hingestellt, obwohl doch nur Eis in seinem Napf war.

»Nun, Herr Schnäuzer kann wieder die ganze Nacht zittern«, sagte er grimmig. »Ich hole jetzt noch einmal seine Decken, seine heiße Milch und seine Plätzchen!«

Also schlich er sich ins Haus, die Treppe hinauf und ins Schlafzimmer. Wieder zog er dem schnarchenden Herrn Schnäuzer die Decken weg und steckte seine Thermosflasche und seine Keksdose ein. Und wieder schlabberte Collie gierig, mampfte die Plätzchen und kuschelte sich in die Decken.

Und wieder wachte der arme Herr Schnäuzer vor Kälte zitternd auf und suchte nach den Decken, die nicht da waren! Er bekam wirklich große Angst, als er feststellen mußte, daß sie wieder verschwunden waren!

Er zündete eine Laterne an, zog seinen Bademantel über und ging nach draußen auf den Hof. Ja – genau wie er vermutet hatte: Collie lag wieder in seinen Decken. Und was war das da in seinem Napf? Ein Tropfen Milch und ein paar Krümel von seinen besten Plätzchen! Hierhin also waren alle seine Sachen gewandert! Herr Schnäuzer wurde furchtbar zornig.

Er versuchte, die Decken aus Collies Hundehütte zu zerren. Aber Collie hielt sie fest, und es sah ganz so aus, als würden sie in Fetzen gerissen.

»Ich *muß* meine Decken haben!« brüllte Herr Schnäuzer. »Sonst friere ich in der Nacht.«
»Und dein Hund, du selbstsüchtiger Kerl?« sagte da eine strenge Stimme ganz in der Nähe. Herr Schnäuzer drehte sich um und sah den Zwerg. »So gut wie kein Stroh in seiner bitterkalten Hütte, kein Wasser zum Trinken – die ganze Nacht muß er zittern, der Arme! Du solltest dich schämen! Collie, laß die Dekken los. Mir ist gerade etwas eingefallen!«
Collie ließ die Decken los. Herr Schnäuzer bückte sich und wollte sie schnell an sich reißen, aber der Zwerg schnappte sie ihm vor der Nase weg. Er schaute Herrn Schnäuzer finster an: »Du bleibst jetzt die ganze Nacht hier draußen auf dem Hof, damit du mal siehst, wie das ist! Ich bringe Collie nach oben und lege ihn in dein Bett und decke ihn mit diesen Decken zu. Du bleibst hier und denkst, du wärst er. Mal sehen, wie dir das gefällt!«
Herr Schnäuzer guckte dem Zwerg und Collie nach, als sie im Haus verschwanden. Dr. Hilf-ein-bißchen hatte die Kette losgemacht, Collie war also frei. Herr Schnäuzer wollte hinter ihnen herlaufen, aber der Zwerg hatte seine Pantoffeln verzaubert: Herr Schnäuzer konnte sich keinen Schritt aus dem kalten, windigen Hof rühren.
Weinend vor Kälte kroch Herr Schnäuzer in die Hundehütte, um darin vielleicht ein bißchen wärmer zu werden. Aber der Nordwind blies heftig hinein. Das Stroh reichte nicht, um ein Bett daraus zu machen. Der alte Mann zitterte so heftig, daß die Hundehütte die ganze Nacht lang ächzte und knarrte.

Aber Collie schlief herrlich in Herrn Schnäuzers gemütlichem Bett, warm in die Decken gekuschelt. Dort fand Herr Schnäuzer ihn, als er am nächsten Morgen nach oben ging. Bei Sonnenaufgang wich der Zauber aus seinen Pantoffeln, so daß er wieder ins Haus konnte. Collie wurde wach und schaute ihn an, drauf gefaßt, daß Herr Schnäuzer sehr wütend sein würde.
Das war er aber gar nicht. Er machte einen merkwürdig bescheidenen Eindruck.
»Ich habe nicht gewußt«, sagte er zu Collie, »*wie* kalt es da draußen ist ohne Stroh. Ich habe nicht gewußt, *wie* der Wind in deine Hütte hineinbläst. Ich habe nicht gesehen, daß das Wasser in deinem Napf gefroren ist. Ich bitte dich um Verzeihung! Ich habe eine ganz schreckliche Nacht hinter mir – wie du viele erlebt haben mußt. Armer Collie!«
Collie leckte Herrn Schnäuzer die Hand. Und noch am selben Tag stopfte Herr Schnäuzer warmes Stroh in die Hundehütte und drehte sie so herum, daß der Wind nicht hinein konnte. Er stellte frisches Wasser hin und einen großen Napf mit Hundekuchen und Knochen. Auch legte er Collie nicht wieder an die Kette.
»Vielen Dank!« sagte Collie zu dem Zwerg, als er ihn das nächste Mal sah. »Vielen Dank! Jetzt geht es mir sehr gut, und ich bin glücklich und zufrieden – und das alles nur, weil ich damals so toll geniest und dich umgepustet habe!«

Das Schweinchen vom Weihnachtsbaum

Es war einmal ein Zuckerschweinchen, das wurde zusammen mit vielen anderen Spielsachen und Leckereien an den Weihnachtsbaum gehängt. Es fühlte sich dort sehr glücklich, bis die kleine Negerpuppe, die neben ihm hing, auf einmal zu ihm sagte:
»Du, Zuckerschweinchen! Paß bloß auf, wenn die Kerzen angezündet werden! Die eine da unten bringt dich bestimmt zum Schmelzen!«
Erschrocken guckte das Zuckerschweinchen nach unten. Tatsächlich stand da genau unter ihm eine grüne Kerze. O weh, wenn die erst angezündet war, würde es ganz bestimmt schmelzen!
Das war ein schrecklicher Gedanke für das kleine Schwein. Ganz außer sich bat es die kleine Negerpuppe: »Greif doch schnell mal hier rauf und knote den Faden auf, mit dem ich angebunden bin! Ich muß von dieser Kerze weg!«
Die Negerpuppe reichte gerade an den Zweig heran, an dem das Zuckerschweinchen hing, und im Handumdrehen war es frei. Es rutschte von Ast zu Ast, bis es schließlich auf den Fußboden fiel. Seine Beine waren steif, aber nachdem es sie sich ein bißchen vertreten hatte, konnte es schon wieder ganz gut laufen.
Ich renne jetzt einfach weg, wo es doch hier so gefährlich ist! sagte sich das Zuckerschweinchen und rannte

zum Zimmer hinaus. Aber da traf es mit der dicken Hauskatze zusammen, die mit einem riesigen Satz hinter ihm hersauste.

»Na, nun komm doch mal, du rosa Mäuschen!« miaute die Katze. »Dich hätte ich gern zum Mittagessen!«

Das Zuckerschweinchen flüchtete sich in ein Mauseloch, und als es ganz sicher war, daß ihm nichts passieren konnte, steckte es wütend die rosa Schnauze raus und quiekte: »Ich bin ein Schwein, keine Maus! Ich bin ein rosa Zuckerschwein!«

»Noch besser!« schnurrte die Katze und versuchte, das Schwein aus dem Loch zu tatzeln. »Zuckertiere schmecken mir ganz besonders gut!«

Das Zuckerschweinchen kroch tiefer in das Mauseloch hinein und kam bald an einen anderen Ausgang, der in die Küche führte. Es spähte hinaus. Niemand war da. Es rannte hinaus und sah sich nach einem sicheren Versteck um.

Aber gerade da kam Bobby, der braune Hund, schnuppernd zur Küchentür herein. Er hatte das Zukkerschwein gerochen, und nun wollte er es auch finden. Er entdeckte es schon bald und hetzte hinter ihm her.

»Nun komm schon, mein rosa Mäuschen! Ich möchte dich zum Mittagessen haben!«

Voller Angst rannte das Zuckerschweinchen zur Tür hinaus. Der Wind schlug die Tür hinter ihm zu – der Hund war in der Küche eingeschlossen. Das Schweinchen war gerettet! Ach, wie freute es sich da!

In der großen weiten Welt ist es anscheinend genauso

gefährlich wie auf dem Weihnachtsbaum, dachte es bei sich, als es dann den Gartenweg entlangwanderte.

»Oh – ooo! Iiii!«

Kein Wunder, daß es quiekte! Eine große Drossel hatte es den Gartenweg entlanglaufen sehen und wollte nun nach ihm picken, weil sie es für eine dicke rosa Raupe hielt.

»Komm doch her, mein rosa Räupchen! Ich hätte dich gern zum Mittagessen!« piepte die Drossel. *Pick, pick!*

Zwei Zuckerkrümel pickte sie dem armen Schwein aus der Seite, und die schmeckten ihr sehr gut. Wenn das Zuckerschweinchen nicht schnell unters Hühnerhaus gerannt wäre, hätte sie es in lauter Stücke gepickt.

Aber, o weh! genau das wäre ihm beinahe nur wenig später widerfahren! Da fanden nämlich die Hühner das Schweinchen unter ihrem Haus und jagten es und wollten es aufpicken!

»Komm her, rosa Spinne!« gackerten sie. »Dich hätten wir gern zum Mittagessen!«

»Ich bin keine Spinne und keine Raupe und keine Maus!« quiekte das Zuckerschwein. »Laßt mich in Ruhe! Ich bin doch nur ein kleines Zuckerschwein!«

Und damit rannte es zum Hühnerhof hinaus und einen Weg entlang. Da aber wurde es fast von einem kleinen Mädchen auf einem Dreirad überfahren! Das kleine Mädchen war sehr verdutzt, als es das rosa Schweinchen ganz außer Puste auf dem Rücken liegen sah.

Es stieg vom Dreirad herunter und hob das Zucker-

schwein auf. »Nanu, das ist ja ein rosa Zuckerschweinchen«, sagte das Mädchen. »Wie bist du denn hierhergekommen?«

»Oh, ich komme von einem sehr gefährlichen Ort, kleines Mädchen«, schnaufte das Zuckerschwein. »Zuerst wollte mich eine Katze auffressen, aber ich bin in ein Mauseloch geflitzt. Dann wollte mich ein Hund verschlingen, aber ich bin auf den Hof gerannt. Dann kam eine Drossel und hat mich angepickt, da habe ich mich unter dem Hühnerstall versteckt, und dort haben mich die Hühner beinahe in Stücke gepickt. Ich kann dir sagen, es war alles sehr aufregend, und ich habe die größte Angst ausgestanden!«

»Armes kleines Zuckerschwein«, sagte das kleine Mädchen. »Bestimmt möchtest du irgendwo hingebracht werden, wo es nicht gefährlich ist, nicht?«

»Ja, bitte«, sagte das rosa Schweinchen.

»Gut, ich bringe dich zu meiner Mutter«, sagte das kleine Mädchen. »Die wird wissen, wo du am besten aufgehoben bist!« Also brachte das Kind das Zuckerschweinchen ins Haus und erzählte seiner Mutter, was sich zugetragen hatte.

»Eine sehr merkwürdige Geschichte!« sagte die Mutter. »Aber keine Angst, Kind, ich weiß einen sicheren Platz für das Schweinchen!« Sie nahm das Zuckerschweinchen und ging mit ihm ins Zimmer nebenan. Und da stand der Weihnachtsbaum!

»Ich hänge es an den Baum«, sagte die Mutter, »da kann ihm nichts passieren!« Und mit einem kleinen Bändchen band sie das Schweinchen an einem Zweig fest und ging wieder hinaus.

Und was soll ich euch sagen – als das rosa Zuckerschweinchen sich umwandte, sah es ganz in der Nähe die kleine Negerpuppe und unter sich die grüne Kerze!

»Hoho!« sagte die Negerpuppe, »da bist du also zurückgekommen! Na, so was!«

Aber das Zuckerschweinchen braucht keine Angst zu haben. Alle werden darauf aufpassen, daß die Kerzen die Spielsachen und Leckereien nicht anbrennen – ihm kann überhaupt nichts passieren: all seine Abenteuer hat es ganz umsonst erlebt!

»Nun bin ich wieder da, wo's angefangen hat!« quiekte das Zuckerschweinchen. »Aber jetzt bleibe ich hier, da kannst du sagen, was du willst, Negerpuppe!«

Und da ist das Zuckerschweinchen immer noch – solange die Kinder den Weihnachtsbaum nicht plündern.

Und was meint ihr, wo es dann ist?

Silvester-Feuerwerk

Der Zwerg Zipp kam die Dorfstraße entlanggerannt und schrie so laut er konnte: »Der grüne Kobold hat Fipps und Kicks und Hoho! Er hat sie geschnappt und auf sein Schloß geschleppt!«
Alles stürzte heraus, um die schlimme Nachricht zu vernehmen. »Dieser Kobold! Seit er im Dorf ist, haben wir immerzu nur Pech!« sagte Frau Schlurf.
»Wie sollen wir denn Fipps und die anderen bloß wieder befreien?« fragte der alte Herr Augenglas. »Er wird sie in sein Schloß sperren und für immer gefangenhalten. Er läßt sie bestimmt nie wieder raus – nie!«
»Keiner von uns ist heutzutage noch sicher vor ihm«, sagte Mutter Häubchen. »Dieser Kobold! Wenn ich den jetzt hier hätte! Ich würde ihn tüchtig mit meinem Stock versohlen!«
»Würdest du überhaupt nicht. Du würdest nach Hause rennen, die Tür zuknallen und den Riegel vorschieben«, sagte Frau Schlurf. »Wir haben alle Angst vor ihm, gebt's doch zu!«
»Ja, das stimmt«, sagte Zipp. »Aber Angst oder nicht – wir müssen unsere Freunde irgendwie befreien.«
Aber das würde nicht so einfach sein! Denn der grüne Kobold hatte die drei Zwerge auf seinem Schloß auf dem Berg draußen vor dem Dorf eingesperrt und ließ

sie überhaupt nie heraus. Sie mußten ihm bei seinen Zaubereien helfen, Essen für ihn kochen, ausfegen und sein Bett machen. Oh, wie war ihnen das verhaßt!

Im Schloß wohnte eine kleine Maus in einem Loch hinter der Küchenwand. Fipps bat sie, Zipp einen Brief von ihm zu bringen. Die Maus verschwand mit dem Brief und gab ihn brav bei Zipp ab.

Zipp las den Brief: »Bitte, bitte laß dir etwas einfallen, damit du uns retten kannst! Wir können nicht mal in den Garten, und wenn schon, es würde doch nichts nützen wegen der hohen Mauer rundherum. Was sollen wir bloß machen? Laß dir bitte etwas einfallen, damit du uns befreien kannst!«

Zipp zeigte allen den Brief, und das ganze Dorf kam zusammen, um zu beraten.

»Wir müssen jetzt alle gut überlegen«, sagte Zipp. »Macht alle die Augen zu und denkt angestrengt nach!«

Sie saßen gerade mit geschlossenen Augen da, da hörten sie einen Knall. Alle zuckten zusammen. Sie rissen die Augen auf und schauten sich um. Der kleine Wichtel Kniff versuchte mit aller Macht, nicht loszuprusten.

»Warst du das, der den Knall gemacht hat?« fuhr Zipp ihn an. »Ja? Du unartiger Wichtel! Uns solch einen Schreck einzujagen!«

»Bitte, Zipp, es war doch nur ein Knallfrosch«, sagte Kniff, während er vergeblich versuchte, sich von Zipp loszureißen. »Bald ist doch Silvester, und da habe ich mir ein paar Knaller und Heuler und Raketen beschafft. Jungen und Mädchen spielen damit zu Silvester, da habe ich mir gedacht: warum soll ich keine haben?«

Zipp schüttelte den Wichtel so heftig, daß er zu weinen anfing. Plötzlich jedoch schoß Zipp ein Gedanke durch den Kopf, und er ließ den kleinen Wichtel los, um besser überlegen zu können.

»Hört mal zu!« sagte er schließlich. »Hört mal zu, ich habe eine Idee! Ich weiß nicht, ob es klappen wird. Aber falls es klappt, kriegen wir die geraubten Wichtel in den Koboldgarten – und mit einem bißchen Glück auch noch glatt über die Mauer ins Dorf zurück!«

»Was ist deine Idee?« rief alles aufgeregt. »Raus damit, Zipp!«

»Hm«, sagte Zipp, »wir schicken dem grünen Kobold eine schöne Schachtel Feuerwerkskörper. Er wird wohl nicht wissen, was das ist, also werden die Wichtel es ihm sagen. Sie können zu ihm sagen: ›Wir lassen sie für dich loszischen!‹ Und wenn dann die Raketen in die Luft sausen, können sie sich dranhängen und mit ihnen über die Mauer fliegen!«

»Ja, das ist eine sehr, sehr gute Idee!« sagte Frau Schlurf.

»Könnte nicht besser sein!« sagte der alte Herr Augenglas.

»Wir wollen's versuchen«, sagte Mutter Häubchen, »aber wir müssen den Wichteln eine Nachricht mit der Maus schicken, damit sie wissen, was wir vorhaben. Dann wissen sie auch, was sie tun müssen.«

Also schickten sie die Maus mit einem Brief los: »Der

grüne Kobold wird Feuerwerkskörper geschenkt bekommen. Ihr könnt ihm erklären, worum es sich handelt, und ihm anbieten, sie für ihn im Garten zu zünden. Haltet euch an den Raketen fest! Dann fliegt ihr mit ihnen in die Luft und könnt über die Mauer zu uns zurückkommen!«

Als die drei Wichtel diesen Brief bekamen, waren sie schrecklich aufgeregt. Sie hielten immerzu Ausschau nach der Post, die der Kobold bekam, und eines Tages sahen sie ihn mit einem großen, in braunes Papier gewickelten Paket.

»Was ist das, Kobold?« fragte Hoho.

Der grüne Kobold streifte Bindfaden und Papier ab. Er guckte sich einen Augenblick mit großen Augen den bunt bemalten Deckel der Schachtel an; dann öffnete er die Schachtel.

»Was ist denn das alles?« fragte er verwundert, als er die Sammlung von Knallfröschen, Feuerrädern, Wunderkerzen, Raketen und anderen Sachen sah.

»Feuerwerkskörper für Silvester«, sagte Hoho. »Du hast doch bestimmt schon gehört, daß es zu Silvester immer Feuerwerk gibt, oder nicht, Kobold? In der Nacht knallt und bumst es überall, und überall brennen Feuer. Es macht wirklich großen Spaß, dann zu den Jungen und Mädchen zu gehören, und ein paar von uns Zwergen und Wichteln können auch dabei mitmachen.«

»Aber was passiert damit?« fragte der Kobold und nahm eine Rakete in die Hand.

»Vorsicht!« rief Hoho, und entsetzt ließ der Kobold die Rakete fallen. »Wenn du nicht weißt, wie man mit

diesen Feuerwerkskörpern umgeht, kannst du dir sehr weh tun! Gib acht!«
»Wann ist denn Silvester?« fragte der Kobold.
»Morgen«, sagte Fipps. »Ach, ich wollte, wir wären zu Hause und könnten Raketen zünden und ein Feuer brennen lassen.«
»Oh – dann wißt ihr also, wie man diese Dinger losgehen läßt?« fragte der Kobold höchst interessiert. »Dann werdet ihr sie mir morgen zünden!«
»Aber du läßt uns ja nicht in den Garten«, sagte Kicks. »Im Schloß können wir sie nicht hochgehen lassen.«
»Hm, morgen abend könnt ihr raus«, sagte der Kobold. »Aber ich werde einen Zauber auf die hohe Mauer legen, damit keiner von euch drüberklettern und entwischen kann!«
»Wir werden gar nicht erst versuchen drüberzuklettern«, sagte Hoho und zwinkerte den beiden anderen Wichteln verstohlen zu. »Wir vergnügen uns nur an dem Feuerwerk. Du kannst vom Fenster aus zuschauen, Kobold. Drinnen ist es ganz ungefährlich.«
Am nächsten Abend liefen die drei Wichtel also mit den Feuerwerkskörpern und reichlich Streichhölzern in den Garten. »Zuerst die Feuerräder«, sagte Hoho. »Die werden dem Kobold gefallen. Dann die Wunderkerzen. Dann ein paar bunte Sprüher.«
Also gingen sie ans Werk. Die Räder sausten herum wie Flammenkreisel, und der Kobold rief laut: »Bravo!« Auch die Wunderkerzen gefielen ihm, obwohl er zurückschreckte, als sie loszischten, und fast weggerannt wäre, um sich unterm Bett zu verstekken.

Er fand alles ganz wunderbar. Immer wieder klopfte er ans Fenster und rief: »Noch mehr! Noch mehr!«
»Jetzt die Raketen!« sagte Kicks. »Da sind sie. Fast so groß wie wir. Nun paßt mal auf, was ich mache. Ich stecke eine große hier mit dem Stock in die Erde. Und noch eine hier. Und die dritte hier.«
»Sollen wir uns alle drei neben eine stellen und sie festhalten?« fragte Hoho.
»Ja. Ich komme und zünde deine zuerst an, Fipps«, sagte Kicks. »Dann deine, Hoho. Und wenn ihr beide wohlbehalten in die Höhe geflogen seid, zünde ich meine eigene an und fliege hinter euch her. Ihr dürft nur keinen Schreck kriegen, wenn die Rakete in Sterne zerplatzt. Haltet euch an dem Stock fest und laßt euch von ihm hoch in die Luft und über die Mauer tragen und auf der anderen Seite dann wieder runter!«
Er machte es genauso, wie er es erklärt hatte. Zuerst zündete er Fipps' Rakete an, und die ging hoch mit einem ganz tollen *W-w-schschsch*! Dann zündete er Hohos an, und auch der Wichtel sauste in die Luft. Und dann zündete er seine eigene an.
W-w-schschschsch! Auch er flog hoch, und der Kobold, der ihnen zuschaute, klatschte Beifall und schrie laut »Hurra!« und »Bravo!« Alle drei Raketen zerplatzten in einem großen Schauer aus bunten Sternen.
Dann trat Stille ein. Kein Feuerwerk mehr. Kein Knall mehr und kein Bumm. Keine Rufe mehr von den Wichteln im Garten. Die waren nicht mehr da!
Der Kobold fing an, sich zu langweilen. Er riß das

Fenster auf. »Nun macht schon weiter mit eurem Feuerwerk! Was ist denn los mit euch? Da sind doch noch lauter Raketen in der Schachtel!«
Er bekam keine Antwort. In plötzlicher Wut rannte der Kobold in den Garten. Da war niemand! Er suchte überall mit seiner großen Laterne, aber die Wichtel fand er nicht. Sie waren verschwunden. Wohin? Wie? Es war das größte Rätsel, das der Kobold jemals zu lösen gehabt hatte.
Auf einmal sah er einen hellodernden Flammenschein unten im Dorf. Du liebe Zeit, was war denn das? Brannte da ein Haus?
Er rannte ins Dorf, um zu sehen, was da los war. Und was mußte er erleben? Weil die Dorfbewohner sich so sehr über den grünen Kobold geärgert hatten, verbrannten sie auf einem Scheiterhaufen eine Puppe, die dem Kobold so ähnlich war wie eine Erbse der anderen.
Und als der Kobold nahe genug herangekommen war, da sah er die drei Wichtel, die wie verrückt umhertanzten, so sehr freuten sie sich, daß sie wieder frei waren! Sie waren draußen vor der Mauer mit ihren Stöcken wieder auf der Erde gelandet und sofort ins Dorf gerannt, um bei dem großen Spaß dabeizusein.
Der Kobold brüllte laut: »He! Ihr! Kommt sofort zurück in mein Schloß!«
Alles heulte vor Entsetzen auf. Der Kobold jagte hinter den drei Wichteln her und kam dicht ans Feuer heran. Was saß da lustig brennend mitten in den Flammen auf einem Stuhl?
Der grüne Kobold starrte die Puppe bestürzt an. »Das

bin ich! Ich sitze auf dem Stuhl im Feuer! Sie verbrennen mich, den grünen Kobold! Oh! Oh! Bald bin ich zu nichts verbrannt! Laßt mich frei! Laßt mich frei!«
»Er denkt, er ist der Kobold im Feuer! Er denkt, er sieht sich selber!« sagte Hoho mit großen Augen und rief dem Kobold zu: »Lauf, grüner Kobold, lauf! Bevor du zu Asche verbrannt bist!«
Der grüne Kobold lief. Und wie er lief! Man konnte seine Beine nicht sehen, so schnell lief er. Er hörte überhaupt nicht wieder auf zu laufen, bis er ins Land Weißderhimmelwo kam, und da blieb er dann. Er beguckte sich von oben bis unten. Hatte er sich verbrannt? War er heil davongekommen? Nie – *nie* wieder würde er in dieses Wichteldorf zurückgehen!
Er kam wirklich nie wieder zurück. Also nahmen sich die Wichtel sein Schloß, und da feiern sie nun immer ein Fest, wenn einer von ihnen Geburtstag hat. Wann hast du Geburtstag? Schreib's ihnen – vielleicht schikken sie dir eine Einladung!

Geschichte von der hochmütigen Gisela

Es war einmal eine sehr alte, sehr hochmütige Puppe, die hieß Gisela und gehörte Kathrin. Sie war so eingebildet, weil sie schon Kathrins Mutter gehört hatte, als die noch ein kleines Mädchen gewesen war – daran kannst du sehen, daß Gisela wirklich sehr alt war!

Die anderen Spielzeuge im Kinderzimmer hätten gern mit Gisela gespielt, aber sie hielt sich für viel zu erwachsen und vornehm, um sich um so junge Spielsachen wie den lachenden Matrosen, den blauen Teddybär, die goldblonde Puppe und das hübsche Schneewittchen mit dem schwarzen Haar zu kümmern.

»Wenn ihr mit mir sprechen wollt, redet mich gefälligst mit ›Fräulein Gisela‹ an«, sagte sie zu den Spielsachen. »Und seid so gut und stört mich nachts nicht immer mit eurem Geplapper!«

Die Spielsachen kicherten. Sie fanden Gisela sehr ulkig. Sie hatte einen großen Porzellankopf und ziemlich zotteliges braunes Haar. Ihr gelbgepunktetes blaues Seidenkleid reichte ihr bis zu den Füßen, und sie trug hochgeschnürte braune Wildlederstiefel und um die Taille eine rosa Schärpe.

»So altmodisch ist sie«, flüsterten die Spielsachen einander zu. »Sie spielt nie mit uns und lacht nicht;

sie geht immer nur ganz allein im Kinderzimmer spazieren. Woraus mag sie wohl sein? Aus Plastik?«

Niemand wußte es genau. Die goldblonde Puppe war aus Plastik; man konnte sie baden. Schneewittchen hatte einen rosa Plüschbauch, schön weich und kuschelig; aber woraus mochte wohl Gisela sein?

Nun, ihr Körper war mit Sägemehl ausgestopft, wie bei allen alten Puppen. Aber das sagte sie keinem, denn sie schämte sich deswegen ein bißchen. Jeden Abend machte sie ihre langen Spaziergänge durchs Kinderzimmer, weil es jetzt draußen viel zu kalt zum Spazierengehen war, und wenn sie den anderen Spielsachen begegnete, hob sie die Nase hoch in die Luft.

Und eines Nachts sah der Teddybär etwas sehr Seltsames. Er sah, daß Gisela überall eine dünne feine Spur hinterließ! Was mochte denn *das* wohl sein?

Der Teddybär guckte sich die Spur an. Sie sah aus wie aus dickem, gelbem Staub. Er wußte nicht, was Sägemehl war, weil er noch nie welches gesehen hatte. Vielleicht war das Zeug Puder, mit dem Gisela sich schönmachte?

Der Teddybär rief gleich die anderen Spielsachen und erzählte ihnen, was er bemerkt hatte. Alle beobachteten nun Gisela und sahen, daß es stimmte, was der Teddybär gesagt hatte. Überall hinterließ die hochmütige Puppe eine feine dünne Staubspur!

Gisela selber merkte natürlich nichts davon. Man sieht ja nichts, wenn man die Nase hoch in der Luft trägt! Aber bald fiel den Spielsachen noch etwas anderes auf.

»Gisela wird ja immer dünner!« flüsterte der Teddybär Schneewittchen zu. »Merkwürdig, nicht?«
Schneewittchen guckte zu Gisela hin.
»Tatsächlich!« sagte das Püppchen. »Warum denn wohl?«
»Ich glaube, ich weiß warum!« rief der Matrose. »Der Staub, den wir überall herumliegen sehen – damit ist sie ausgestopft. Sie ist undicht! Sie läuft aus! Bald wird überhaupt nichts mehr von ihr übrig sein!«
»Wie schrecklich!« sagte die blonde Puppe. »Ich bin

aus Plastik und kann nicht auslaufen. Was passiert denn nun wohl mit Gisela?«
»Sie wird so lange auslaufen, bis sie leer ist, und dann wird nichts mehr von ihr übrig sein«, sagte der Bär.
»Na, und wenn schon! Die dumme, hochmütige Ziege!«
Aber Schneewittchen hatte Mitleid. »Wir müssen es Gisela schnell sagen«, sagte sie und ging auch sofort zu der großen alten Puppe hin und sprach sie schüchtern an. »Bitte, Fräulein Gisela«, sagte sie, »ich möchte Ihnen etwas sagen.«
»Dann sag's schon – aber schnell!« sagte Gisela in ihrem hochmütigsten Ton.
»Wir glauben, daß Sie auslaufen«, sagte Schneewittchen. »Wäre es nicht besser, Sie gingen nicht mehr spazieren? Sonst laufen Sie noch ganz und gar aus!«
Gisela wurde sehr ärgerlich. »Auslaufen!« rief sie. »Das glaube ich nicht! Ihr wollt nur nicht, daß ich abends spazierengehe! Laß mich in Frieden – ich will nichts mehr davon hören!«
Mehr konnte Schneewittchen nun auch nicht tun. Gisela machte weiter ihre Spaziergänge, und die Spielsachen sahen ihre Sägemehlspuren überall und überlegten schon, wann das Sägemehl wohl alle sein würde.
Plötzlich wurde das Loch in Giselas Rücken ein Stück größer, und eines Abends rieselte so viel Sägemehl heraus, daß von der armen Gisela außer dem Kopf, den Kleidern und dem rosa Futter, in das man das Sägemehl gestopft hatte, nichts mehr übrigblieb. Sie sank auf dem Teppich in sich zusammen – und da lag

sie nun ganz allein. Die Spielsachen wußten überhaupt nicht, was sie machen sollten, aber da ging die Tür auf, und Kathrins Mutter kam herein.
Sie sah Gisela auf dem Boden liegen und hob sie auf. Sie sah das Sägemehl, und da wußte sie natürlich, was passiert war.
»Arme Gisela«, sagte sie. »Du bist ja undicht! Ich besorge dir einen schönen neuen Leib. Sägemehl ist ja nicht mehr modern!«
Sie nahm Gisela mit, und zwei Wochen lang sahen die Spielsachen nichts von ihr. Und als sie dann zurückkam – wie hatte sie sich da verändert! Der Puppendoktor hatte ihr einen schönen pummeligen Plüschbauch mit Babybeinen und Babyfüßchen gegeben. Weil das lange Kleid ihr nun nicht mehr paßte, hatte die Mutter ihr ein Wollkleidchen und eine Mütze genäht. Süß sah sie aus!
Die Spielsachen backten schnell ein paar kleine Kuchen in ihrem Puppenbackofen und feierten Gisela zu Ehren ein Fest. Gisela freute sich sehr. Vorher hatten die Spielsachen sie für altmodisch gehalten und sie hinter ihrem Rücken »Fräulein Sägemehl« genannt; jetzt wurde sie von allen verwöhnt, und es war ganz herrlich, wieder im Kinderzimmer zu sein.
»Ach, ich bin so froh, daß ihr alle da seid«, sagte Gisela. »Es tut mir leid, daß ich früher so albern und eingebildet war. Jetzt bin ich halb alt und halb neu und komme mir ganz verändert vor. Jetzt würde ich gern immer mitspielen und eure Freundin sein.«
»Sollst du ja auch, Gisela!« riefen alle – und du solltest nur mal sehen, wie schön sie jetzt immer mit Gi-

sela zusammen spielen! Alle freuen sich, daß Gisela sich so verändert hat – nur Kathrins Mutter nicht. Kathrins Mutter wird ganz traurig, wenn sie Gisela sieht. »Ach, wärst du doch noch die alte Gisela!« sagt sie. »Ich kenne dich gar nicht mehr wieder! Ich fand dich am schönsten, als du noch mit Sägemehl ausgestopft warst!«
Kathrin aber hat Gisela so lieber, wie sie jetzt ist, denn jetzt ist sie kuscheliger, und sie kann sie besser an sich drücken; und darum ist Gisela nun wirklich sehr, sehr glücklich.

Der Feuerhaken, der weiß, was er will

Als der Wichtel Trixie einmal an Frau Ricks Haus vorbeikam, hörte er Frau Rick über den Zaun mit Mutter Gutchen reden.
»Meine Liebe«, sagte Frau Rick gerade, »ich war vielleicht in einem Zustand heute morgen, das können Sie mir glauben! Ich wollte in der Küche Feuer machen, und da mußte ich feststellen, daß ich kein bißchen Brennholz im Haus hatte! Und das an meinem Backtag!«
»Sie hätten sich doch etwas Brennholz von mir borgen können«, sagte Mutter Gutchen.
»Ja, das hätte ich wohl auch getan, meine Liebe«, sagte Frau Rick, »aber plötzlich fiel mir wieder der alte Zauberfeuerhaken ein, der meiner Großmutter gehörte – Sie wissen ja, der Feuerhaken mit dem roten Knopf als Griff. Früher habe ich immer mein Feuer damit angezündet – und dann wurde er aber ziemlich lästig und geschwätzig, und da habe ich ihn weggepackt.«
»Du liebe Zeit! Ich habe noch nie etwas vom Zauberfeuerhaken gehört«, sagte Mutter Gutchen. »Erzählen Sie doch mal! Wie zündet er denn das Feuer an?«
»Ach, man steckt ihn einfach in den leeren Kamin und häuft ein paar Stücke Kohle darüber«, sagte Frau

Rick. »Dann sagt man: ›Brenn auf, Feuerhaken‹, und in einer halben Minute brennt das herrlichste Feuer.«

»Hm, ja!« sagte Mutter Gutchen überrascht. »Das ist wahrhaftig ein nützlicher Feuerhaken.«

Trixie, der Wichtel, hörte das alles mit an, und er wurde sehr aufgeregt. Und noch am gleichen Nachmittag, als Frau Rick einkaufen gegangen war, schlich sich Trixie in ihr Haus und spähte in ihre Küche. Da stand neben dem offenen Feuer ein großer Schürhaken mit einem roten Knopf als Griff. »Das ist er!« sagte Trixie erfreut. »Ich werde mir dich für ein paar Tage ausborgen – aber ich sage Frau Rick nichts davon!«

Er rannte mit dem Feuerhaken weg. Zu Hause wollte er sein Feuer damit anzünden, weil es ihm nämlich schon zweimal an diesem Tag ausgegangen war. Er steckte den Feuerhaken in den Kamin und türmte Kohle darüber auf.

»Brenn auf, Feuerhaken!« sagte Trixie zufrieden und wartete. Dann zog er den Feuerhaken heraus und lehnte ihn an den Kamin. Er zischte noch eine Weile und gab dann keinen Ton mehr von sich.

Wenig später kam der Zwerg Hallo und wollte Trixie besuchen. Er guckte zu dem warmen, hellodernden Feuer hin.

»Schönes Feuerchen!« sagte Hallo und rieb sich die Hände.

»Ja, ich bin ein richtig guter Feueranmacher«, sagte Trixie.

»Ich auch!« kam es durchdringend von irgendwoher.

»Aber ich weiß nicht, was Frau Rick sagen wird, wenn sie herausfindet, was du gemacht hast!«

Trixie guckte sich erschrocken um. Hallo machte ein sehr erstauntes Gesicht.

»Was hast du denn gemacht, worüber Frau Rick sich ärgern könnte?« fragte er.

»Überhaupt nichts«, sagte Trixie.

»Schwindler! Lügner!« sagte die Stimme wieder, und der Feuerhaken wackelte und klirrte ein bißchen.

»Es ist der Feuerhaken, der da redet!« rief Hallo, und husch, lief er zum Haus hinaus. Trixie guckte den Feuerhaken zornig an.

»Wie unterstehst du dich zu stören, wenn ich mich mit meinen Freunden unterhalte!« rief er.

»Ich sage, was mir gefällt, wann es mir gefällt und wie es mir gefällt«, sagte der Feuerhaken und bumste dabei gegen die Wand. »Ich bin nämlich ein sehr alter und kluger Feuerhaken.«

»Überhaupt nicht. Du bist albern und dumm und ein Störenfried«, sagte Trixie. »Wenn du dich nicht in acht nimmst, bringe ich dich zu Frau Rick zurück und sage ihr, du seist von selber hierhergekommen.«

»Unartiger kleiner Lügenwicht!« sagte der Feuerhaken entsetzt. »Ja – bring mich zu Frau Rick zurück und dann warte mal, was *ich* ihr erzähle! Du meine Güte – wird das eine Tracht Prügel setzen!«

Trixie starrte den Feuerhaken beunruhigt und zornig an. Was sollte man mit so einem Feuerhaken machen? Kein Wunder, daß Frau Rick gesagt hatte, er sei ein lästiger Feuerhaken, und ihn weggepackt hatte!

Es klopfte an der Tür, und Schnibbel, der Kobold, kam herein.
»Guten Tag, Trixie«, sagte Schnibbel. »Hast du vielleicht eine Schachtel Streichhölzer für mich übrig? Ich brauche welche, um bei mir ein Feuer anzuzünden, und ich habe keine.«
»Ich auch nicht«, sagte Trixie. Und dann hatte er eine fabelhafte Idee. »Aber hier habe ich einen Zauberfeuerhaken – den kannst du mitnehmen, wenn du willst.«
Der Feuerhaken führte einen wahren Zornestanz vor dem Kamin auf. »Mich hierhin und dahin und überallhin verleihen!« schrie er. »Wofür hältst du mich eigentlich? Guck mal da oben auf dem Herd nach, Schnibbel, da wirst du Streichhölzer finden. Trixie ist ein gemeiner alter Schwindler und außerdem ein garstiger kleiner Dieb!«
»Ist das – ist das, kann das der *Feuerhaken* sein, der da redet?« fragte Schnibbel ängstlich.
Trixie nickte. »Das ist ein fürchterlicher Feuerhaken«, sagte er düster. »Immerzu mischt er sich ein. Redet ununterbrochen und sagt die schrecklichsten Sachen. Nimm ihn mit, Schnibbel, bitte!«
»Nein, vielen Dank«, sagte Schnibbel und machte sich so schnell davon, daß er an die Streichhölzer überhaupt nicht mehr dachte. Der Feuerhaken lachte laut und klirrte und klapperte entsetzlich.
»Hör auf, da herumzuhopsen!« kommandierte Trixie.
Der Feuerhaken klapperte nur noch mehr und fing jetzt sogar an zu pfeifen. Trixie wurde immer zorni-

ger. Plötzlich stand er auf, rannte zu dem Feuerhaken hin, packte ihn und warf ihn zum Fenster hinaus! Oh, du liebe Zeit! Der Feuerhaken traf Herrn Schleppfuß an der Schulter, und der drehte sich überrascht und zornig um.
»Wer war das? Wer war das?« rief er. Trixie versteckte sich hinterm Fenstervorhang. Er hatte Angst vor Herrn Schleppfuß. Der Feuerhaken richtete sich auf und sagte höflich zu Herrn Schleppfuß:
»Trixie hat mit mir nach Ihnen geschmissen. Er ist ein böser Wichtel.«
Herr Schleppfuß ging sofort zu Trixie ins Haus, und eine halbe Minute später konnte man das Klatschen von Ohrfeigen und lautes Geschrei hören, denn mochte Herr Schleppfuß auch, wie sein Name andeutete, nicht sehr flink auf den Beinen sein – mit der Hand war er um so schneller!
Trixie saß heulend in einem Sessel am Feuer. Er wischte sich die Tränen weg und dachte bei sich: Jedenfalls bin ich diesen fürchterlichen Feuerhaken los. Hoffentlich erzählt er nur Frau Rick nichts!
Da klopfte es an der Tür. *Tap-tap-tap! Tap-tap-tap!*
»Herein!« rief Trixie, während er die letzten Tränen wegwischte. Aber es kam niemand herein. »*Herein!*« brüllte Trixie, der ärgerlich wurde.
Tap-tap-tap! Tap-tap-tap! Jetzt wurde es Trixie zuviel, und er stand wütend auf. Er öffnete die Tür – und oje! herein hüpfte dieser Feuerstocher auf seinem Stahlbein, so lebhaft wie immer!
»Danke«, sagte der Feuerhaken. »Bin selber nicht an die Klinke drangekommen. Tja, da bin ich wieder. Du

scheinst dich nicht gerade sehr zu freuen, mich wiederzusehen!«

Er ging zu seinem Platz am Feuer zurück. Trixie starrte ihn finster an. »Mich freuen, dich wiederzusehen!« rief er. »Möchte mal wissen, warum ich mich freuen sollte! Raus! Ich will dich nicht haben in meinem Haus!«

»Das tut mir aber leid«, sagte der Feuerhaken und lehnte sich bequem an die Wand. »Ich habe nämlich vor zu bleiben.«

Ja, und er hatte es tatsächlich vor. Trixie konnte noch so betteln und schimpfen, ja, Tränen vergießen – der Feuerhaken sagte nur immer wieder dasselbe:

»Ich bleibe hier!«

Und war der eine Plage den ganzen Tag lang! Wie der plapperte und schwatzte! Was für schreckliche Sachen der sagte!

»Trixie, sieh mal zu, daß du diesen Feuerhaken los wirst«, sagte Fiefo, als er auf einen Sprung vorbeikam. »Niemand besucht dich mehr, wenn du ihn da am Kamin stehen und Frechheiten sagen läßt!«

Als Trixie dann wieder allein war, saß er da und starrte den Feuerhaken an. Wie konnte er ihn loswerden? Ah – er würde ihn in den Mülleimer werfen – und dann würde der Müllmann ihn morgen wegfahren.

Er wartete, bis der Feuerhaken zu schlafen schien. Dann nahm er ihn schnell, rannte auf den Hof und warf ihn in die Mülltonne! Peng! Der Deckel klappte zu – der Feuerhaken war gefangen zwischen Teeblättern und Asche!

»So – jetzt bist du erledigt!« sagte Trixie wütend, als er hörte, wie der Feuerhaken anfing, gegen den Deckel zu schlagen. »Da kommst du nicht wieder raus! Du ärgerst mich nicht mehr mit deinem lästigen, frechen Geschwätz!« Aber da irrte Trixie sich.
Warte nur mal ab und laß dir erzählen, was dieser unartige Feuerhaken gemacht hat!
An diesem Abend war der Zwerg Hickel bei Trixie zum Essen eingeladen. Trixie mochte Hickel sehr gern. Er war ein gutherziger Kerl und brachte immer irgendein Geschenk mit. An diesem Abend brachte er Trixie vier Würstchen, die köstlich dufteten.
Die beiden setzten sich zu Tisch, um die Würstchen mit sauren Gurken, Brot und Kaffee zu verzehren. Als sie es sich gerade so richtig gut schmecken ließen, klopfte es plötzlich ans Fenster.
Tap-tap-tap! Tap-tap-tap!
Na, natürlich wußte Trixie sofort, wer da klopfte – der Feuerhaken! Er hatte gerade ein Scheppern und einen Knall gehört – das war der Mülltonnendeckel gewesen, als er auf die Erde fiel –, und jetzt kam das *Tap-tap-tap*. Dieser verflixte Stocher! Er wollte wieder reingelassen werden. Nun, Trixie war fest entschlossen, keine Notiz davon zu nehmen.
Tap-tap-tap! Tap-tap-tap!
»Trixie, was ist denn das für ein Geräusch?« fragte Hickel.
»Ein Baum, der ans Fenster schlägt, nehme ich an«, sagte Trixie. »Achte nicht darauf.«
Tap-tap-tap! Tap-tap-tap!
»Komischer Baum«, sagte Hickel verdutzt.

»Laß mich rein!« rief plötzlich der Feuerhaken.
»Der Baum will rein!« sagte Hickel verwundert.
»Achte nicht darauf«, sagte Trixie zornig. Aber es nützte überhaupt nichts, nicht darauf zu achten – weil nämlich der Feuerhaken plötzlich so fest ans Fenster schlug, daß die Scheibe zersprang.
Klirr! In winzigen Scherben flog das Glas aus dem Rahmen, und Hickel und Trixie zuckten ganz schrecklich zusammen. Der Feuerhaken hüpfte herein und ging gleich zum Feuer. Er bibberte.
»Gemeiner Kerl!« sagte er zu Trixie. »Mich zu Teeblättern und was weiß ich in die Mülltonne zu stekken! Mir ist kalt. Ich stelle mich jetzt hier hin und sage dir mal ganz genau, was ich von dir halte. Du bist ein garstiger, gemeiner Kerl, und ich kann dich kein bißchen leiden. Du bist ein abscheulicher . . .«

Hickel starrte voller Grauen auf den Zauberfeuerhaken und bekam gräßliche Angst. Trixie war so wütend, daß er vor Wut fast platzte. Er sprang auf und rannte zu dem Feuerhaken hin. Er schnappte ihn und rief:

»Ha! Und du glaubst also, du kannst da stehen und mich beschimpfen, hm? Na, warte mal, nicht mehr lange! Ich schmeiße dich in den Dorfteich! Der ist tief – und kalt – und naß! Hoho! Es wird dir leid tun, daß du zu mir zurückgekommen bist, wenn du gleich platsch ins Wasser plumpst!«

Und er ging mit dem Feuerhaken in die Nacht hinaus. Hickel saß da und schaute ihm mit offenem Mund nach – und dann wurde ihm ein bißchen bange, und er stand auf und zog sich seinen Mantel an. Er ging nach Hause und fragte sich vergeblich, wie um alles auf der Welt Trixie an solch einen merkwürdigen Feuerhaken gekommen sein mochte.

Trixie ging zum Dorfteich. Der Feuerhaken zappelte und wand sich in seiner Hand, weil er mit aller Macht weg wollte, aber er konnte nicht weg. In den Teich wurde er geworfen – erst flog er hoch in die Luft, und dann runter, runter, runter und *platsch* ins kalte Wasser. Er verschwand. Er war weg.

»Gut!« sagte Trixie. »Jetzt bin ich dich los!«

Der Wichtel ging nach Hause. Er aß noch die übriggebliebenen Würstchen und sauren Gurken auf und ging dann zu Bett. Er nahm sich eine Wärmflasche mit, weil ihm kalt war. Bald schlief er fest.

Mitten in der Nacht wachte er plötzlich auf. Was war das für ein Geräusch? Er hörte komische Schritte draußen den Weg entlangkommen. Tip-tap, tip-tap, tip-tap! Trixie setzte sich im Bett auf und horchte. »O weh, o weh! Hoffentlich ist es nicht dieser gräßliche, garstige Feuerhaken!« stöhnte er. »Oh, das ertrüge ich nicht! Was soll ich denn bloß machen?«

Tip-tap, tip-tap! Das Tip-tappeln kam immer näher. Es kam an Trixies Gartentor an. Da hörte es auf. Das Tor öffnete sich knarrend.

Tip-tap, tip-tap! Jetzt kam das Tip-tappeln den Gartenweg herauf. Dann klopfte es laut an der Haustür.

»Na, klopf soviel du willst, ich lasse dich nicht rein!« sagte Trixie, außer sich vor Zorn. »Mach das ganze Dorf wach, wenn es dir Spaß macht – aber *ich lasse dich nicht rein!*«

Der Feuerhaken hörte nach einer Weile auf zu klopfen. Er ging zu dem kaputten Fenster und stieg durch das Loch in der Scheibe. Trixie hörte ihn mit einem Bums auf dem Fußboden landen.

Hm, vielleicht stellt sich das gräßliche Ding ans Feuer und gibt Ruhe, dachte der Wichtel und legte sich wieder hin.

Aber nach einer Weile hörte Trixie den Feuerhaken unten herummurren.

»Das Feuer ist aus! Es ist eiskalt in der Küche. Ich bin naß und zittere. Brrrrr! Werde mir eine Erkältung holen. Hatt-tschie!«

Dann kam der Feuerhaken die Treppe herauf. *Tip-tap, tip-tap, tip-tap!* Schnell wie der Blitz sprang Trixie aus dem Bett und machte seine Tür zu. Dann ging er wieder zu Bett und schmunzelte vor sich hin. Der Feuerhaken kam vor der Tür an. Er klopfte.

Tap-tap-tap! Trixie tat so, als schnarchte er im Schlaf. Der Feuerhaken klopfte noch einmal, nun lauter: *Tap-tap-tap!*

Trixie schnarchte auch lauter. Der Feuerhaken rief zornig: »Du schläfst ja gar nicht! Ich weiß es. Ich habe dich gerade noch aus dem Bett kommen hören. Wenn du mir nicht die Tür aufmachst, gehe ich nach unten und schlage alle deine Tassen und Untertassen und Schüsseln und Gläser entzwei. Jawohl, das mache ich!«

»Du böser Feuerhaken!« rief Trixie, der vor lauter Wut vergaß, sich schlafend zu stellen.

»Ich gehe jetzt nach unten und schlage zuerst einmal deine Tassen entzwei«, sagte der Feuerhaken und tiptappelte ein paar Stufen treppab.

Aber da sprang Trixie auch schon aus dem Bett und machte ihm die Tür auf.

»Untersteh dich!« rief er. »Untersteh dich, irgend etwas anzurühren!«

Der Feuerhaken hüpfte wieder die Treppe hinauf und ins Schlafzimmer. Trixie kroch mürrisch ins Bett. Der Feuerhaken hopste zum Bett hin und versuchte, unter die Decke zu schlüpfen.

»Hör mal! Was machst du da?« rief Trixie. »Mach, daß du aus meinem Bett rauskommst, du garstiges, nasses, kaltes Ding!«

»Na, wer hat mich denn naß und kalt gemacht?« fragte der Feuerhaken und kroch ins Bett. »Du doch! Jetzt kannst du mich gefälligst aufwärmen. Komm, ich kuschele mich ganz dicht an dich heran. Ah – das tut gut!«

»Du pikst mich!« sagte Trixie und schubste den Feuerhaken weg. »Du tust mir weh. Du bist ganz naß. Geh weg!«
Aber Trixie hätte genausogut auf den Mond einreden können – der Feuerhaken kümmerte sich überhaupt nicht darum. Er bohrte sich tüchtig in Trixie hinein und wärmte sich an ihm. Nach einer Weile konnte der Wichtel es einfach nicht mehr aushalten. Er stand auf, holte sich eine Decke und legte sich auf dem Fußboden schlafen.
Jetzt war der Feuerhaken glücklich. Er hatte ein warmes Bett ganz für sich und noch eine Wärmflasche. Junge, war das schön!
Am nächsten Morgen fühlte sich Trixie sehr elend. Er war steif und durchgefroren vom Schlafen auf dem Fußboden. Der Feuerhaken streckte seinen Knopfkopf aus den Kissen und sagte:
»Ich wohne gern bei dir. Du hast ein schönes warmes Feuer in der Küche und nachts ein schönes warmes Bett. Geh jetzt nach unten und zünde das Feuer an, bevor ich aufstehe. Dann ist es nachher warm in der Küche.«
Trixie sagte kein Wort. Er wußte nur, daß er mit so einem Feuerhaken überhaupt nichts anfangen konnte. Er zog sich an und schlich aus dem Haus. Dann lief er zu Frau Ricks Haus und klopfte an.
Sie öffnete überrascht die Tür. »Was willst du denn so früh am Morgen, Trixie?« fragte sie.
»Bitte, Frau Rick, ich habe neulich Ihren Feuerhaken mitgenommen«, sagte Trixie und senkte den Kopf.
»Ach, du warst das also!« sagte Frau Rick. »Ich habe

mich schon gewundert. Nun, das war natürlich sehr unartig, aber ich bin trotzdem sehr, sehr froh, daß du ihn mitgenommen hast. Ich wollte diesen frechen, geschwätzigen Feuerhaken immer schon loswerden!«

»Frau Rick, bitte kommen Sie und holen Sie ihn zurück!« sagte Trixie. »Sie können sich ja gar nicht vorstellen, wie schrecklich er sich bei mir aufgeführt hat. Sie können es sich einfach nicht vorstellen! Er hat mir mein Fenster eingeschlagen. Und gestern nacht ist er zu mir ins Bett gekrochen, ganz naß und kalt – und ich mußte auf dem Fußboden schlafen.«

Frau Rick fing an zu lachen. »Trixie, entschuldige, daß ich lache, aber ich glaube, du hast die Strafe bekommen, die du verdienst«, sagte sie. »Du bist ein unartiger kleiner Wichtel – ein sehr unartiger kleiner Wichtel. Und jetzt bist du endlich mal einem begegnet, der noch unartiger ist als du.«

»Frau Rick, lachen Sie bitte nicht«, bat Trixie und fing bitterlich an zu weinen. »Bitte, bitte, kommen Sie und holen Sie den Feuerhaken zurück. Ich bin so unglücklich!«

»Ein bißchen Unglück und Verdruß werden dir sehr guttun«, sagte Frau Rick. »Nein – ich will den Feuerhaken nicht wiederhaben. Ich bin froh, daß ich ihn los bin. Geh jetzt zurück nach Hause und frühstücke. Nimm einfach keine Notiz von dem Feuerhaken, dann wird er das Plappern vielleicht leid.«

Armer Trixie! Sehr traurig ging er nach Hause. Der Feuerhaken war immer noch im Bett. Er schrie sofort, Trixie solle nun aber mal schleunigst in der Küche

Feuer machen. Aber Trixie hörte nicht darauf. Er machte sich schnell etwas zu essen und ging dann zu Hickel.

»Hickel, du hast neulich gesagt, wenn ich mal arbeiten wollte, könntest du mir in deinem Laden etwas zu tun geben«, sagte er. »Nun, ich hätte gern etwas zu tun – eine Arbeit, bei der ich den ganzen Tag lang von zu Hause weg bin. Würdest du mich also bitte einstellen?«

»Gewiß«, sagte Hickel. »Eine feste Arbeit zu haben, wird sehr gut für dich sein. Wenn du willst, kannst du gleich heute anfangen.«

Also fing Trixie noch am selben Tag zu arbeiten an – und der Feuerhaken konnte sich nicht am Küchenfeuer wärmen! Aber wie hat er den armen Trixie beschimpft, als der am Abend nach Hause kam!

»Du bekommst überhaupt kein Feuer mehr!« sagte Trixie wütend. »Ich arbeite und bin den ganzen Tag nicht zu Haus – ätsch! Am besten ziehst du aus und suchst dir jemand anders, den du ärgern kannst, du garstiges, gräßliches Ding!«

Nun, nun – es tut Trixie sehr gut, daß er jetzt etwas zu tun hat. Und der Feuerhaken, der überlegt jetzt schon, ob er nicht doch lieber irgendwo anders einziehen soll, wo den ganzen Tag über ein warmes Feuer brennt. Du sagst es mir doch, wenn er zu euch kommt, ja?

Mittagstisch für Vögel

Bei Jörg nebenan wohnte ein alter Mann, der nicht laufen konnte. Er lag den ganzen lieben langen Tag auf einem Sofa am Fenster und schaute in den Garten. Er hieß Herr Still, und das schien Jörg ein passender Name für jemanden zu sein, der den ganzen Tag still liegen mußte.

Der alte Mann sah sich im Frühling und im Sommer gern seine Blumen an. Er hatte Krokusse im Vorfrühling, und im Märzwind nickten dann Hunderte von goldenen Narzissen. Dann hatte er Tulpen und danach einen ganzen Schwarm von Blumen – Lupinen, Schwertlilien, Federnelken, Rosen – alles, was man sich nur denken kann.

Er lachte Jörg oft zu, wenn er ihn über die Mauer blikken sah. »Guten Morgen!« rief er dann. »Ein schöner Tag für Rosen – und für kleine Jungs auch!«

Wenn der Herbst kam und alle Blumen bis auf ein paar sehr späte Astern verblüht waren, ließ Herr Still von seiner Haushälterin einen großen Vogeltisch aufstellen, den er nun statt der Blumen anschaute. Er ließ Krümel, Samenkörner, eingetunkte Hundekuchen und alles mögliche auf den Tisch streuen – und Kinder, ihr hättet mal all die Vögel sehen sollen, die angeflogen kamen, um hier zu schmausen!

Jörg konnte den Vogeltisch von seinem Fenster aus

sehen. »Guck mal, Mutter!« sagte er jeden Morgen. »Guck dir doch mal die Spatzen an – und da sind zwei Rotkehlchen – und lauter gefräßige Stare – und ein Buchfink und eine Amsel und eine Drossel.«
Es machte Spaß, den Vögeln zuzusehen, aber die Mutter erlaubte ihm nie, lange in seinem kalten Schlafzimmer zu bleiben. Er mußte ins warme Wohnzimmer herunterkommen und dort spielen. Von da aus konnte er den Vogeltisch nicht sehen.
»Mutter, könnte *ich* nicht auch einen Vogeltisch haben?« fragte Jörg. »Ich hätte so gern einen!«
»Nein, das geht nicht«, sagte seine Mutter. »Sie sind zu teuer, und selber machen kann ich keinen.«
»*Ich* könnte es, glaube ich«, sagte Jörg. »Ich brauche nur ein Stück Brett als Platte und irgendeinen langen Stock als Bein. Sonst nichts, Mutter.«
Aber die Mutter sagte nein. Und da sie nein meinte, wenn sie nein sagte, hatte es keinen Zweck, sie noch einmal zu bitten. Im Frühjahr guckte Jörg zu, als der Vogeltisch weggebracht wurde. Herr Still sagte dann, er hoffe, die Vögel würden ihm seine Freundlichkeit nun lohnen und ihm die Blattläuse und Raupen im Garten wegfressen, damit seine Blumen so schön wie möglich werden konnten. Die ersten Narzissen blühten nun. Es wurde Zeit, daß die Vögel auf die Raupenjagd gingen!
Der Sommer verging, und Herrn Stills Garten war schöner denn je – besonders die Rosen; aber als es dann Herbst wurde, stellte Jörg zu seiner Überraschung fest, daß kein Vogeltisch aufgestellt wurde. Jeden Morgen beim Anziehen guckte er durchs Fen-

ster, aber nein – da stand kein Vogeltisch. Jörg hätte gern gewußt, warum.
Also kletterte er eines Morgens an der Mauer zwischen den beiden Gärten hoch und setzte sich rittlings darauf. Er rief Herrn Still, der wie gewöhnlich auf seinem Sofa am Fenster lag:
»Herr Still! Haben Sie in diesem Herbst Ihren Vogeltisch vergessen? Die Vögel kommen und hüpfen herum, aber Sie haben ihn nicht aufstellen lassen!«
Herr Still öffnete das Fenster und nickte Jörg zu. »Nein, ich habe es nicht vergessen«, sagte er. »Aber, weißt du, Jörg, das Geld ist jetzt knapp, also wird jeder Brotrest aufgebraucht, und ich kann nicht einmal Hundekuchen kaufen, denn es ist nicht recht, daß ich die Vögel damit füttere, wenn unsere Hunde nur gerade genug haben. Alle Puddings essen wir jetzt bis auf den letzten Rest selber auf, statt sie den Vögeln zu geben.«
»Ach so«, sagte Jörg traurig. »Herr Still, werden die Vögel jetzt aber nicht furchtbar enttäuscht sein? Sie halten nämlich immerzu nach Ihrem Vogeltisch Ausschau. Können Sie nicht Beeren oder Samen darauf streuen?«
»Das ginge, wenn ich mit meinen Beinen raus könnte, um auf den Feldern und am Wegrand Beeren und wilden Samen zu sammeln«, antwortete Herr Still. »Aber du weißt ja, daß ich nicht laufen kann, Jörg. Irgend etwas stimmt nicht mit meinen Beinen, und sie werden nicht wieder heil. Wegen des Vogeltischs bin ich genauso enttäuscht wie die Vögel – ich habe ihnen für mein Leben gern zugeschaut. Ich kann ja

hier nicht viel tun, und es schmerzt mich sehr, daß ich nun meine kleinen gefiederten Freunde nicht auf dem Tisch sehe.«

»Wissen Sie was«, sagte Jörg, dem gerade eine fabelhafte Idee gekommen war, »lassen Sie *mich* Ihre Beine sein, Herr Still! Ich kann doch auf den Wiesen und am Wegrand Beeren und Samen für die Vögel sammeln! Dann könnten Sie Ihren Tisch aufstellen und wie immer den Vögeln zuschauen!«

»Willst du das wirklich für mich tun?« fragte Herr Still und lächelte. »Das ist aber sehr freundlich von dir. Wenn du vielleicht heute nachmittag zum Kaffee zu mir kommen möchtest, dann kann ich dir erklären, welche Beeren und Samen du am besten sammelst!«

Also ging Jörg zu Herrn Still zum Kaffee, und Herr Still erklärte ihm, was gut war für den Vogeltisch. Der nächste Tag war ein Sonnabend, darum konnte Jörg sich gleich schon einmal auf den Weg machen und alles einsammeln, was er fand.

Es machte ihm Spaß. Er fand die schönen hellroten Hagebutten, die an den wilden Rosen wachsen. Er fand ganze Berge von leuchtendroten Hagedornbeeren. Er fand purpurne Ligusterbeeren und eine Menge Eibenbeeren. Von diesen hatte Herr Still gesagt, sie seien giftig für kleine Jungen und Jörg dürfe sie daher nicht essen, wenn die Vögel auch ganz versessen darauf seien.

Jörg fand auch eine ganze Menge Samen. Er schüttelte abgeblühte Blumen über einer Tüte aus, und winzige braune und schwarze und gelbe Samenkörner von allen möglichen Pflanzen rieselten hinein.

»Die Vögel picken sich die heraus, die sie mögen«, sagte Herr Still. »Sie sind sehr verständig. Sie wissen, welche schlecht für sie sind und welche gut.«
Jörg sah eines Tages ein paar große Sonnenblumen, die in Frau Brauns Garten wuchsen. Sie war gerade dabei, sie abzuschneiden, da rief Jörg ihr zu:
»Frau Braun! Brauchen Sie alle die Sonnenblumenkerne als Samen für nächstes Jahr? Falls nicht, kann ich dann ein paar für einen Vogeltisch haben?«
»Aber gewiß doch«, sagte Frau Braun. »Ich hebe nur ein oder zwei Sonnenblumen auf und trockne die. Ich brauche wieder Samen für Sonnenblumen, denn ich liebe diese Riesensonnenblumen über alles – und ich hebe immer Kerne für den alten Papagei meiner Schwester auf. Aber die anderen Sonnenblumen kannst du haben, wenn du willst.«
Da hat Jörg sich aber gefreut! Es waren im ganzen sieben große Sonnenblumenköpfe, vollgespickt mit flachen Sonnenblumenkernen! Er nahm sie mit zu Herrn Still.
»Fabelhaft!« sagte der alte Mann. »Wir trocknen sie und hängen dann immer eine an den Vogeltisch. Die Vögel können daran picken, wenn sie wollen. Das wird ein Festschmaus für sie!«
Jörg fand auch Eicheln, die er für den Vogeltisch kleinhackte. Auch Haselnußkerne zerkleinerte er oder zog die geschälten Kerne auf Bindfaden auf für die Meisen, die sie besonders gern hatten.
»Tja, ich glaube, ich habe meinen Vogeltisch noch nie so voll gesehen!« sagte Herr Still, während er den Vögeln zuschaute, die darauf herumhüpften. »Es ist

herrlich. Ich weiß nicht, was ich ohne dich gemacht hätte, Jörg. Hoffentlich macht es dir auch ein bißchen Spaß, den Tisch zu beobachten.«
»Hm, ich sehe ihn eigentlich nicht so oft, wie ich gern möchte«, antwortete Jörg. »Ich kann ihn nämlich nur morgens von meinem Fenster oben angucken, wenn ich mich anziehe. Von unten kann ich ihn nicht sehen. Ich wünsche so sehr, ich hätte selber auch einen – aber Mutter sagt nein, und ich kann ihr nicht noch mal damit kommen.«
»Nein, natürlich nicht«, sagte Herr Still. »Aber eins kannst du mir glauben – *mir* macht es wirklich große Freude, in diesem Winter den Vögeln dabei zuzusehen, wie sie all die Beeren und Samenkörner aufpickten, die du für sie gesammelt hast.«
Die nächste Woche war die Weihnachtswoche. Jörg bastelte fleißig Geschenke und hatte daher nicht viel Zeit, um auf Beeren- und Samensuche zu gehen – aber das machte nichts, denn er und Herr Still hatten inzwischen schon einen großen Vorrat, der in einem Schuppen trocknete, damit er bereitlag, wenn der Schnee kam und Bäume und Büsche zudeckte.
Jörg hatte auch ein Geschenk für Herrn Still. Es war ein Kalender, den er selber gemacht hatte, mit einem Bild von zwei Rotkehlchen darauf. Herr Still freute sich sehr darüber.
»Danke schön«, sagte er. »Mein Geschenk für dich muß auch bald kommen. Vielleicht sind auch zwei Rotkehlchen darauf, aber das kann ich dir nicht fest versprechen.«
Jörg hätte gern gewußt, was es war, und am Weih-

FÜR JÖRG
VON
HERRN

nachtsmorgen guckte er sich aufmerksam alle seine Geschenke an, um Herrn Stills zu finden. Und er war sehr enttäuscht, als er keins entdecken konnte! Er glaubte, daß Herr Still ihn nun doch vergessen hatte.

Er hatte ihn aber nicht vergessen – denn als Jörg nach unten kam und zum Fenster hinausschaute, was sah er da? Er erblickte einen schönen großen Vogeltisch in seinem eigenen Garten, ganz dicht am Fenster, damit er ihn gut sehen konnte, und daran hing ein Kärtchen, auf dem stand: »Für Jörg – von Herrn Still und allen Vögeln mit herzlichen Grüßen und viel Zwitschern und Piepsen!«

»Oh!« rief Jörg, ganz außer sich vor Freude. »Mutter! Ein Vogeltisch für mich – mein eigener Vogeltisch! So einen schönen habe ich noch nie gesehen! Oh, Mutter, ich freue mich so!«

»Das hast du auch verdient, Jörg«, sagte seine Mutter und sah ihn lächelnd an. »Und guck dir doch mal deine ersten Besucher an – zwei kecke kleine Rotkehlchen!«

Tatsächlich! Zwei Rotkehlchen landeten gerade auf dem neuen Vogeltisch und guckten zu Jörg hin, als wenn sie sagen wollten: »Frühstück bitte!« Sie sahen genau aus wie die beiden auf dem Kalender, den Jörg Herrn Still geschenkt hatte. Es war wirklich sehr eigenartig. Er lief schnell zu Herrn Still hinüber, um es ihm zu erzählen.

»Na, jetzt wirst du aber viel zu tun haben«, sagte der alte Mann und lächelte. »Jetzt mußt du jeden Tag zwei Vogeltische mit Futter und Wasser versorgen.

Wie gut, daß du den Gedanken hattest, Beeren und Samen einzusammeln!«

Und vergeßt nicht, daß auch ihr einen Vogeltisch mit denselben Sachen decken könnt, auch wenn ihr nur sehr wenige Krümel oder Kartoffeln oder Abfälle übrig habt. Es macht solchen Spaß, in Wald und Feld nach Vogelfutter zu suchen – es wird euch ganz bestimmt gefallen!

Vom Frosch, der keinen Winterschlaf halten wollte

Hoppske, der Frosch, war ein prächtiger Kerl. Er war fünf Jahre alt, also schon richtig erwachsen, und mächtig eingebildet.
Ich bin der größte Frosch im Graben, dachte er bei sich. Ich habe den grünsten grünen Mantel, und kein anderer Frosch hat so lange Beine wie ich. Ich kann fast so hoch wie die Hecke springen!
Das konnte er eigentlich nicht – aber er sprang wirklich sehr hoch für einen Frosch. Als einmal eine Ratte hinter ihm her war, sprang Hoppske so hoch in die Luft, daß die Ratte Angst bekam und schnell weglief!
Hoppske war auch ein schlauer Fliegenfänger. Er ließ seine Zunge rausschießen, die eine klebrige Spitze hatte, und im letzten Sommer fing er so Hunderte von Fliegen.
Einmal sah ein Spatz ihn, wie er eine Fliege nach der anderen fing, und flog zu ihm hinunter.
»Wie machst du das, daß du die Fliegen so leicht fängst?« fragte der Spatz und setzte sich neben ihn. »Ich würde gern Unterricht bei dir nehmen. Ich kann längst nicht so viele fangen wie du, und ich habe vier kleine Spätzchen, die ich füttern muß. Zeig mir, wie du das machst, Frosch.«
»Hm, das ist doch ganz einfach«, sagte Hoppske. »Da

– ich lasse meine Zunge so rausschießen – treffe die Fliege – und hole sie mit der Zungenspitze ins Maul.«
»Ja, aber wie machst du das, daß du deine Zunge so weit rausstreckst?« fragte der Spatz. »Meine kommt nur ein winziges Stückchen raus.«
»Ja, aber meine Zunge ist *vorn* im Maul fest, nicht hinten«, sagte Hoppske stolz. »Und deshalb kann ich sie viel weiter rausstrecken. Da!«
Er ließ die Zunge noch einmal hinausschnellen und traf den Spatz damit am Schnabel.
»Du liebe Zeit!« sagte der Spatz überrascht. »Mach das nicht! Ich werde wohl nie so viele Fliegen fangen können wie du, Hoppske, weil meine Zunge ja hinten im Mund angewachsen ist, genauso wie bei den Menschen. Hm, da hast du aber wirklich Glück!«
Es war ein wunderschöner Sommer für Hoppske. Es regnete oft, und das gefiel ihm. In seinem Graben war es feucht und kühl. Fliegen summten überall, besonders die großen Schmeißfliegen. Hoppske brauchte sich nur unter ein Sauerampferblatt zu setzen und zu warten, bis Fliegen in seiner Nähe landeten. Dann sauste seine Zunge vor, und eine Fliege nach der anderen verschwand in seinem Maul!
Hoppske wurde dick und fett. Er fand viele grüne Raupen und fraß auch die. Er fand eine ganze Ohrwurmfamilie und verspeiste sie zu Mittag. Er fand heraus, wo die Schnecken nach einem Regenschauer zum Salatschmaus hervorkrochen, und fraß so viele, daß er keine einzige mehr fressen konnte.
O ja, unserem Hoppske ging es großartig, und er ge-

noß sein Leben sehr. Er kannte die Mäuse, die sich im Graben tummelten. Er unterhielt sich oft mit der langsamen, weisen alten Kröte, die unter einem großen Stein in der Böschung wohnte. Er plauderte mit den Spatzen und begrüßte den Igel, der manchmal des Nachts vorbeigeschlurrt kam.
Der Sommer ging vorbei. Der Herbst kam, und Eicheln fielen im Wald von den Bäumen. An den Hekken wurden Brombeeren dick und saftig, und die Kinder kamen, um sie zu pflücken.
Die Schlange schlängelte sich durch den Graben, und sofort verschwand Hoppske unter einem Stein. Denn manchmal fraß die Schlange gern einen fetten Frosch.
»Ich kann dich sehen!« rief die Schlange, »aber du brauchst keine Angst zu haben. Die kommenden Wochen werde ich nämlich verschlafen!«
»Dummes Ding!« sagte der Frosch, während er der Schlange nachsah, die davonglitt. »Sich in einem hohlen Baum schlafen zu legen, wo es jetzt soviel zu fressen gibt!«
Es war ein warmer Herbst. Fliegen summten umher, und Hoppske hatte mehr als genug zu fressen. Aber die Nächte waren schon kalt. Der Igel kam, um sich zu verabschieden.
»Ich habe eine gemütliche Höhle in der Böschung«, sagte er zu Hoppske. »Ich habe welkes Laub und Moos mit dem Maul hineingeschleppt, und jetzt werde ich mich dort zusammenkringeln und den Winter warm und kuschelig verschlafen!«
Dummes Geschöpf! dachte Hoppske. Wozu soll das

denn gut sein, den Winter zu verschlafen? Ich habe es schon viermal gemacht – aber nun, da ich voll ausgewachsen bin, werde ich tun, was mir gefällt. Ich bleibe den Winter über wach – und fresse alle Fliegen, die es gibt! Es wird niemand dasein, mit dem ich sie teilen muß, also werde ich mehr zu fressen haben denn je!«

Die Haselmaus flitzte durch den Graben, fett und braun. »Auf Wiedersehen, Hoppske!« rief sie. »Ich bin dick und gesund, und ich rolle mich jetzt unten zwischen den Heckenwurzeln zusammen und schlafe, da ja der Winter bald da ist. Warum gehst du nicht zum Teich wie all die anderen Frösche?«

»Weil ich in diesem Winter keinen Winterschlaf halte«, sagte Hoppske. »Das ist doch bloß Zeitverschwendung. Ich werde wach bleiben und alles allein auffressen!«

»Wie dumm du doch bist!« sagte die Haselmaus und verschwand fix in einem Loch, das zu ihrem Versteck führte. Sie rollte sich zusammen, legte die Nase zwischen die Pfoten und schlief ein.

Die alte Kröte rief Hoppske zu:

»Hoppske! Geh zum Teich und mach's dir unten im Schlamm zum Schlafen bequem! Es wird Zeit!«

»Ich gehe aber nicht«, sagte Hoppske. »Ich bleibe zur Abwechslung mal wach! Warum bleibst du nicht auch wach, alte Kröte?«

»Ich bin weise genug, um zu wissen, was gut für mich ist«, sagte die Kröte und blinzelte schläfrig. »Gute Nacht! Ich gehe jetzt schlafen. Wecke mich bitte nicht vorm Frühlingsanfang.«

»Dumme Kröte!« dachte Hoppske und lachte krächzend. »Niemand ist mutig genug, um wach zu bleiben. Nun – dann bin ich der erste Frosch, der im Winter nicht schläft. Ha, wie ich lachen werde über all die anderen Tiere, wenn sie im Frühling dünn und verschlafen aufwachen und mich hier sehen – fett und munter!«
Die Tiere verschwanden eins nach dem anderen. Die Fledermäuse zogen sich zurück. Die Eidechsen waren nirgendwo zu sehen. Die Molche waren schon weg. Alle Frösche waren unten im Teich und schliefen fest. Die Kröten hockten unter feuchten Steinen. Die Haselmäuse waren verschwunden, und die Schlangen glitten nicht mehr unten durch den Graben.
Nur die Kaninchen kamen noch heraus, um zu spielen, und Hermeline und Wiesel machten Jagd auf sie. Und manchmal schlich die große Ratte an der Hecke entlang, um zu sehen, was sie finden konnte. Dann versteckte sich der Frosch.
Anfangs gab es noch viele Fliegen für ihn und sogar hin und wieder eine Raupe. Die Fliegen kamen zu den Efeublüten, die oben an der Hecke noch spät aufgegangen waren. Hoppske fing eine Menge. Er hatte die warme Herbstsonne gern – aber in der Nacht kam der Frost und stäubte das Gras weiß ein.
Dann waren plötzlich auf einen Schlag keine Fliegen mehr da! Eines Nachts gab es scharfen Frost – und alle Fliegen erfroren. Sogar die Spinnen versteckten sich in Spalten und Ecken. Keine einzige war mehr zu sehen.
Hoppske wurde dünn. Fünf Tage lang fing er keine

einzige Fliege, und er fand auch weder Larven noch Spinnen. Allmählich machte er sich Sorgen.
»Vielleicht ist es doch weise, im Winter zu schlafen«, dachte er bei sich. »Ich wünschte, ich wäre mit den anderen unten in den Teich gekrochen. Was soll ich denn bloß machen, wenn keine Fliegen mehr kommen?«
Es kamen keine Fliegen mehr. Sie waren alle tot. Noch eine ganze Woche verging, und nun war Hoppske so dünn, daß er nur noch halb so groß wie vorher aussah.
Ich gehe zum Teich und schwimme auf den Grund, dachte er schließlich. Die anderen werden mich ja wohl auslachen, aber daran ist nun nichts zu ändern. Wenn ich hier oben bleibe, sterbe ich vor Hunger und Kälte.
Hopsend machte er sich also auf den Weg vom Graben zum Teich. Er konnte nicht so hoch und so weit wie sonst springen, weil er nicht mehr so dick und so stark war. Aber schließlich kam er doch am Teich an.
Und da riß Hoppske verblüfft die Augen auf. Etwas war mit dem Teich passiert! Da war kein Wasser mehr. Er konnte nicht eintauchen und darin schwimmen. Es war hart, wie Erde. Was konnte denn da passiert sein?
Hoppske sprang aufs Eis – denn der Teich war natürlich zugefroren! Aber sosehr er sich auch abmühte, er konnte nicht durchs Eis zum Schlamm unten im Teich gelangen. Also sprang er wieder ans Ufer und hopste zu einem anderen Teich, den er kannte. Aber

hier war es genau das gleiche! Auch dieser Teich war hart und kalt.
»Das ist aber doch höchst merkwürdig«, sagte der arme Hoppske. »Warum hat mir denn keiner gesagt, daß Teiche im Winter hart werden? Das habe ich überhaupt nicht gewußt. Und ich habe auch nicht gewußt, daß Fliegen beim kalten Wetter verschwinden. Oje – da habe ich gedacht, ich bin so klug und weise und stark – und jetzt muß ich feststellen, daß ich so gut wie gar nichts weiß! Die ich für dumm gehalten habe, die sind die Weisen!«
Er hüpfte weg von den Teichen. Er hatte Angst und

Hunger, ihn fror, und er war traurig. Er wußte, daß er bald sterben mußte – und daß er selber schuld daran war.
Und in dem Augenblick sah ihn Keck, der Cockerspaniel! Keck wunderte sich sehr. Er war alt genug, um zu wissen, daß Frösche im Winter nicht herumliefen. Er nahm Hoppske behutsam ins Maul und trabte mit ihm nach Hause.
Barbara, Kecks Frauchen, war sehr überrascht, als sie den Frosch sah. »Mama! Mama!« rief sie. »Komm doch mal gucken, was Keck mir gebracht hat – einen Frosch, mitten im Winter!«
Mama war auch überrascht. Sie nahm den dünnen Frosch und guckte sich ihn an. »Armes Tierchen«, sagte sie. »Er ist halb tot. Setz ihn in dein Aquarium, Barbara – vielleicht verkriecht er sich unten im Sand und hält da seinen Winterschlaf.«
Also wurde Hoppske in Barbaras Aquarium gesetzt – und er war so vernünftig, auf den Boden zu schwimmen und sich dort im Sand einzugraben. Er schlief sofort ein – und da schläft er immer noch, denn ich habe ihn gestern gesehen.

Das Loch im Strumpf

Michaela war zehn Jahre alt, also schon ein großes Mädchen. Sie sollte eigentlich ihr Bett selber machen und auch in ihrem Zimmer Staub wischen, ihre Sachen flicken und ihre Strümpfe stopfen.
Aber Michaela war faul. Oft deckte sie ihr Bett nur schlampig zu, anstatt es ordentlich zu machen. Manchmal fuhr sie nur flüchtig mit dem Staubtuch über die Möbel, anstatt gründlich in jeder Ecke Staub zu wischen. Sie benutzte oft eine Sicherheitsnadel, um ihr Kleid zusammenzustecken, wenn ein Knopf ab war, und wenn ein Loch im Strumpf nicht zu sehen war, machte sie sich nicht die Mühe, es zu stopfen.
Weil Michaelas Eltern beide arbeiteten, wohnte sie bei ihrer Tante und einem Vetter und zwei Kusinen in einem Haus auf dem Land. Die vier Kinder hatten viel Spaß zusammen. Der Vetter hieß Oliver, und die Kusinen hießen Joana und Friederike. Michaela und die beiden Mädchen schliefen in einem großen Schlafzimmer, in dem drei kleine Betten standen.
Weihnachten rückte näher, und die Kinder überlegten, was sie wohl geschenkt bekommen würden. Ah, war das schön, am Weihnachtsmorgen aufzuwachen und den gefüllten Strumpf zu sehen! Machte es Spaß, nachzugucken, was darin war – bis in die Zehen hinunter!

Am Abend vor Weihnachten konnten sie einfach nicht einschlafen. Michaelas Tante brachte sie zu Bett und sagte ihnen, sie sollten ihren längsten Strumpf aufhängen.
»Und wir wollen hoffen, daß morgen früh alle Strümpfe voll sind!« sagte sie.
Michaela guckte in ihre Strumpfschublade. Sie zog einen langen schwarzen Strumpf heraus. Er hatte ein großes Loch im Zeh, aber sie hatte es nicht gestopft, weil es nicht zu sehen war, wenn sie Schuhe anhatte. Sie nahm den Strumpf und hängte ihn ans Kopfende ihres Bettes.
»Mein Strumpf ist fertig!« sagte sie.
»Unsere auch!« sagten die beiden anderen Mädchen. Alle kletterten ins Bett und versuchten einzuschlafen. Aber sie schwatzten und lachten so sehr, daß an Schlaf nicht zu denken war. Schließlich kam Michaelas Tante herein und redete sehr streng mit ihnen. »Wenn ich noch ein Wort höre, nehme ich eure Strümpfe runter und lege sie in die Schublade zurück!«
Danach wurde nicht einmal mehr geflüstert. Es wäre ja auch zu schrecklich, am Weihnachtsmorgen keinen Strumpf zu haben!
In der Nacht wurden in alle Strümpfe Geschenke gesteckt. Soll ich euch sagen, was in Michaelas Strumpf kam? Hm, zuerst ein blankes Zweimarkstück. Es fiel in den Strumpf – plumps bis in den Zeh –, und, ach, weil da ein Loch war, fiel es aus dem Zeh auf den Bettvorleger und rollte unters Bett! Als nächstes wurde ein niedlicher kleiner roter Ball hineingetan – und der

fiel aus dem großen Loch heraus und rollte weg in die Zimmerecke!
Dann rutschte ein Lutscher in buntem Papier in den Strumpf – und unten gleich wieder raus! Dann kam ein blauer Bleistift und ein viereckiger Radiergummi. Beide plumpsten in den Zeh hinunter – und zum Loch hinaus. Sie fielen auf den Boden und sprangen davon.
Als nächstes wurde ein kleiner roter Apfel in den Strumpf gesteckt – und der blieb tatsächlich fast drin, weil er nämlich beinahe so groß wie das Loch war. Aber er hing auch nur einen Augenblick über dem Loch und fiel dann mit leisem Plumps auf den Boden, wo er unter die Kommode rollte.
Dann kam eine winzige Puppe, als Matrose angezogen, und die fiel unten aus dem Strumpf heraus, kaum daß sie oben hineingesteckt worden war! Den Schluß machte ein Riegel Schokolade, und der fiel auch durch. Während die Strümpfe der anderen Kinder zum Überquellen gefüllt waren, war Michaelas ganz leer!
Am nächsten Morgen wurde Joana als erste wach. Sie schrie entzückt auf, als sie ihren dick angeschwollenen Strumpf sah, und setzte sich sofort im Bett hin. Friederike wurde wach und jauchzte ebenfalls.
»Michaela! Aufwachen! Es ist Weihnachten!« rief Friederike. »Unsere Strümpfe sind voll. Ach, ich habe so eine süße kleine Puppe!«
»Und ich habe eine Ente, die ich in der Badewanne schwimmen lassen kann!« sagte Joana. Aus dem Zimmer nebenan kam auch ein Schrei.

»He, ihr Mädchen! Kommt mal und guckt, was ich gekriegt habe! Ich habe einen Clown, der Purzelbaum schießen kann!«

Das hörte sich so aufregend an, daß Joana und Friederike ihre Strümpfe nahmen und zu Oliver hinüberstürzten, um sich dessen Clown anzusehen.

Michaela setzte sich im Bett auf. Sie guckte nach dem Strumpf, der an ihrem Kopfende hing. Er sah nicht sehr dick aus. Sie griff danach und befühlte ihn. Er fühlte sich auch nicht gerade dick an! Sie zog ihn zu sich heran. Sie griff hinein – bis tief unten –, und es war nichts, nichts, überhaupt nichts darin!

Dem kleinen Mädchen wurde es schwer ums Herz. Warum war der Strumpf leer? Was war passiert? Lag vielleicht ein Geschenk auf dem Bett? Nein, da war auch nichts. Sie hatte von niemandem ein Geschenk bekommen.

»Sie mögen mich nicht«, dachte sie, und die Tränen stiegen ihr in die Augen. »Sie glauben nicht, daß ich ein nettes kleines Mädchen bin. Niemand hat mir etwas geschenkt!«

Sie zog sich schnell an, schlich leise nach unten und versteckte sich hinter dem langen Vorhang am Wohnzimmerfenster.

»Wo ist Michaela?« fragte Joana verdutzt, als alle am Frühstückstisch saßen. »Ich habe sie nicht mehr gesehen, seit wir heute morgen zu Oliver ins Zimmer gegangen sind.«

»Da steht sie – hinter dem Vorhang!« sagte Oliver plötzlich. »Sie weint! Michaela, was ist denn los?«

»Es w-w-war nichts in m-m-meinem Strum-mmpf!« sagte Michaela schluchzend. »Ich habe überhaupt keine Geschenke bekommen. Niemand liebt mich!«

»Aber, liebes Kind, natürlich lieben wir dich alle!« sagte ihre Tante. »Du mußt dich vertan haben, Michaela – dein Strumpf ist voll! Du wirst im falschen Strumpf nachgeguckt haben! Geh nach oben und hol ihn. Bring ihn mit nach unten, dann wirst du sehen, wie voll er ist!«

Michaela ging nach oben. Sie nahm den leeren Strumpf und kam traurig wieder nach unten, um ihn allen zu zeigen. Oliver griff bis zum Zeh hinein – und unten kamen seine Finger wackelnd wieder heraus! Er lachte laut auf. »Michaela! Du hast einen Strumpf mit einem großen dicken Loch darin ausgesucht, du Dummerchen! Du hast einen rausgesucht, den du in die Schublade gepackt hattest, ohne ihn vorher zu stopfen! Alle deine Geschenke müssen herausgefallen sein! Bestimmt liegen sie auf dem Boden.«

Alle stürzten nach oben, um nachzugucken, und – tatsächlich! Da lag das Zweimarkstück auf dem Fußboden unterm Bett – und da war der Ball – und der Lutscher – und die Puppe – und die Schokolade – und alles. Alles auf dem Boden. Michaela wußte nicht, ob sie lachen sollte oder weinen.

»Oje!« sagte sie. »Oje! Wie dumm von mir! Und ich schäme mich ja so, daß ich das große Loch nicht gestopft habe! Ach, Tantchen, es tut mir so leid! Ich weiß, daß ich die Löcher in meinen Strümpfen stopfen soll – und wie bin ich dafür bestraft worden, daß ich's vergessen habe!«

»Nimm's nicht so schwer«, sagte ihre Tante. »Jetzt ist alles wieder in Ordnung. Du hast lauter schöne Geschenke bekommen, und es wird ein wundervolles Weihnachtsfest!«
Und das stimmte – und ich nehme an, ihr wißt, was Michaela sich fürs neue Jahr vorgenommen hat, ja? Richtig – sie wird darauf achten, daß sie jedes Loch im Strumpf sobald wie möglich stopft.

Spatzenkinder

Einmal, als es ganz besonders kalt war, konnten die jungen Spatzen nicht genug zu fressen finden. Sie waren noch kein Jahr alt und nicht so gewitzt wie die älteren Spatzen, die immer noch hier und da ein paar Samenkörner, Krümel oder Essenreste aufstöberten.

»Wir wollen zu unseren Vätern und Müttern fliegen, die uns im vergangenen Jahr im Nest gefüttert haben«, sagte Schnäbelchen, der größte der jungen Spatzen. »Vielleicht können die uns helfen.«

Also flogen sie zu den älteren Spatzen, die oben auf dem Scheunendach saßen und darauf warteten, daß die Hühner gefüttert wurden. Dann nämlich konnten sie vielleicht runterfliegen und ein paar Körner stehlen.

»Da sind ja unsere Eltern«, sagte Schwänzel, ein winzigkleiner Spatz. »Mutter, kennst du mich nicht mehr?«

Die große braune Spätzin, die er angesprochen hatte, sah ihn erstaunt an. »Ach, bist du vielleicht der freche kleine Spatz, der immer schon aus dem Nest fliegen wollte, bevor man es dir erlaubt hatte?« fragte sie. »Ja – ich glaube, du bist's! Was willst du denn?«

»Bitte, Mutter, wir jungen Spatzen werden immer hungriger bei diesem Frostwetter«, sagte Schwänzel.

»Wir möchten gern, daß ihr uns füttert wie damals, als wir gerade aus dem Nest heraus waren.«
»Du liebe Zeit! Das können wir aber jetzt nicht mehr machen, wo ihr fast ein Jahr alt seid!« sagte die Spätzin. »Jetzt müßt ihr selber für euch sorgen! Wir können ja schon kaum genug für uns zu fressen finden.«
Die jungen Spatzen waren traurig und enttäuscht. Was sollten sie jetzt machen?
Ein kleiner Zwerg, der gerade vorbeilief, blieb stehen, als er die unglücklichen Spatzen sah.
»Was ist los?« fragte er. Sie erzählten es ihm, und er nickte.
»Viele Leute haben jetzt Hunger«, sagte er, »nicht nur Vögel. Aber ich habe großes Glück. Ich habe große Vorräte gesammelt – genug, um mit euch zu teilen, falls ihr möchtet.«

»Ach, du bist lieb!« piepten die Spatzen. »Können wir gleich mitkommen?«
»Ja«, sagte der Zwerg. »Ihr könnt jeden Tag einmal kommen, um die Mittagszeit. Ich koche dann so viel Pellkartoffeln, daß sie für uns alle reichen, und auch genügend Brot für uns alle will ich backen. Kommt!«
Sie flogen auf seine schmalen Schultern und setzten sich auf seine rote Zipfelmütze und zwitscherten fröhlich. Er ging mit ihnen zu einem kleinen Häuschen, das so gut unter einem Brombeerstrauch versteckt war, daß es niemand sehen konnte, und wenn er noch so nahe daran vorbeikam.
»So«, sagte der Zwerg und holte ein paar heiße Kartoffeln aus dem Backofen. »Da – nehmt! Kartoffeln für alle!«
Er schaute sich in seinem einen Zimmer um. Da stand nur ein Stuhl. Er zeigte auf sein Bücherregal und aufs Sofa. »Die Spatzenjungen können auf dem Bücherregal sitzen und die Spatzenmädchen auf der Sofalehne«, sagte er. »Aber, oje! Für mich seht ihr alle genau gleich aus! Wie soll ich euch denn jemals auseinanderhalten können?«
»Ich bin ein Spatzenjunge«, sagte Schwänzel, der schon auf dem Bücherregal hockte. »Und Schnäbelchen ist auch ein Spatzenjunge. Aber Köpfchen, Husch, Federwisch und Flausch sind Spatzenmädchen. Alle übrigen sind Jungen.«
Der Zwerg guckte sie aufmerksam an. »Ich kann euch bestimmt nicht auseinanderhalten«, sagte er, »und ich möchte euch doch alle ganz genau erkennen kön-

nen! Ah – ich weiß! Die Spatzenjungen kriegen kleine schwarze Lätzchen! Dann kann ich immer sehen, wer die Jungen sind.«
Er holte acht kleine schwarze Lätzchen aus einer Schublade und band sie den Spatzenjungen um. Die waren entzückt. Sie kamen sich richtig großartig vor. Die Mädchen wollten gleich auch welche haben, aber der Zwerg schüttelte den Kopf. »Nein«, sagte er, »wenn ihr *alle* ein schwarzes Lätzchen tragt, komme ich wieder genauso durcheinander wie vorher!«
Er gab jedem Spatz eine Kartoffel und eine Handvoll Krümel. Sie hatten solch einen Hunger, daß sie alles sofort gierig hinunterschlangen.
»Können wir unser Lätzchen anbehalten?« baten die Spatzenjungen, als sie fertig waren. »Wir sehen so toll darin aus!«
»Wenn ihr wollt«, sagte der Zwerg und schmunzelte. Sie sahen wirklich zu komisch aus mit den Lätzchen vor der Brust. Also flogen sie alle auf und davon, und die Spatzenjungen zeigten überall stolz ihre Lätzchen vor.
Jeden Tag flogen sie nun zum Zwergenhaus, und jeden Tag fütterte der Zwerg sie, bis es dann wieder wärmer wurde.
»Jetzt könnt ihr euch euer Futter selber suchen«, sagte er. »Aber kommt im nächsten Jahr wieder, bringt mit, wen ihr wollt, und ich will euch helfen. Aber dafür bringt mir bitte im Herbst so viel Distelflaum, wie ihr könnt – ich brauche nämlich große Mengen für meine Daunendecken und Kissen!«
Also sammelten die Spatzen im Herbst für den Zwerg

den Flaum von den abgeblühten Disteln, und im kalten Neujahrswetter fütterte er sie mit allem, was er hatte.

Und sie trugen seine Lätzchen – und tragen sie immer noch! Glaubt ihr's nicht? Nun, dann guckt euch mal alle Spatzen, die ihr seht, ganz genau an. Die ein schwarzes Lätzchen unterm Kinn tragen, das sind die Spatzenjungen – und die Spätzchen ohne Lätzchen sind Spatzenmädchen. Die Spatzenjungen fangen immer im neuen Jahr an, ihr Lätzchen zu tragen, dann werdet ihr also viele davon sehen. Und von nun an wißt ihr gleich, ob es ein Spatz ist, der da vor euch herumhüpft, oder eine Spätzin!

Cornelias merkwürdige Kerze

Vier Kinder lebten in Cornelias Haus: Christoph, der war der älteste, dann kam Lena, dann Georg, der sieben war, und zuletzt Cornelia. Cornelia, auch Connie genannt, war sechs.

In Cornelias Haus gab es keinen Strom und kein Gas. Es war ein sehr altes Haus; die Mutter kochte auf einem Petroleumherd, und als Beleuchtung hatten sie Petroleumlicht und abends für die Schlafzimmer Kerzen in Kerzenleuchtern.

Jedes Kind hatte seinen eigenen Kerzenleuchter. Christophs war grün, Lenas war rot, Georgs war blau, und Cornelias war gelb. Mutter kaufte auch farbige Kerzen, und es war Connies Aufgabe, immer die passende Kerze in die Kerzenhalter zu stecken.

Jeden Abend wurden die Kerzen auf die Kommode in der Diele gestellt, damit sie bereitstanden, wenn die Kinder zu Bett gingen. Da also warteten die Kerzen und wünschten die Zeit herbei, wo sie ein kleines gelbes Flämmchen als Hut tragen durften. Dann beleuchteten sie die Schlafzimmer und konnten sehen, wie die Kinder sich auszogen und ihre Schatten herumhüpften. Auch die Gebete konnten sie hören, die die Kinder sprachen, und das Knarren und Quietschen, wenn sie ins Bett sprangen.

Eines Tages mußte Connie wieder einmal die alten

Kerzenreste aus den Kerzenleuchtern herauskratzen und neue Kerzen hineinstecken. Mutter hatte sie am selben Tag gekauft – grün, rot, blau und gelb –, für jedes Kind eine.

»Eine rote Kerze für einen roten Kerzenleuchter«, sagte Connie und steckte die rote Kerze fest in den Kerzenleuchter. »Eine grüne Kerze für einen grünen Kerzenleuchter. Eine blaue Kerze für einen blauen Kerzenleuchter. Und hier ist meine schöne gelbe Kerze für meinen gelben Kerzenleuchter. Die ist die hübscheste von allen!«

Die gelbe Kerze hörte das nur zu gern, nicht jedoch die anderen.

»Gelb ist eine alberne Farbe«, sagte die rote Kerze. »Rot ist die beste – es ist die Farbe des warmen Feuers!«

»Nein, blau ist die beste. Es ist die Farbe des Frühlingshimmels«, entgegnete die blaue Kerze stolz.

»Ja, aber grün ist die Farbe der Bäume und des Grases«, widersprach die grüne Kerze. »Grün liebt jeder.«

»Gelb ist die Farbe der Sonne«, flüsterte die gelbe Kerze schüchtern. »Das ist doch sicher wohl eine gute Farbe?«

Keiner achtete darauf, was die gelbe Kerze sagte, also sagte sie nichts mehr. Sie sehnte sich nur ganz heftig nach der Nacht, damit sie ihren Flammenhut tragen und die Schatten um sich herumspringen sehen konnte, wenn sie brannte.

Aber noch bevor es Nacht wurde, kam die Mutter der Kinder plötzlich mit einem Petroleumofen in die

Diele, den sie nicht weit von der Kommode entfernt auf den Boden stellte.
»Es ist so kalt heute abend, daß ich auch in der Diele heizen muß«, sagte sie zu Connie. »Die warme Luft wird aufsteigen und das Treppenhaus mitheizen. Es ist bitterkalt heute.«
Der Petroleumofen brannte hell und breitete sein gelbes Licht in der dunklen Diele aus. Connie saß unten auf der Treppe und guckte es sich an. An der Decke war ein goldenes Muster, das der Ofen warf, und das gefiel ihr sehr gut. Sie fröstelte. Es war wirklich ein sehr kalter Tag. Sie stand auf und ging näher an den Ofen heran und hielt ihre Puppe hin, damit deren Zehen warm würden. Sie ging nicht zu nahe heran, denn Mutter hatte ihr erklärt, daß Petroleumöfen gefährlich seien und daß sie deshalb nie ganz nahe herangehen dürfe.
Connie guckte zu den Kerzen auf der Kommode hin. Ihre gelbe stand ganz hinten an der Wand.
»Arme gelbe Kerze!« sagte sie. »Dir muß ja kalt sein ganz dahinten! Ich hole dich ein bißchen nach vorn, dann wird dir warm werden!«
Also nahm sie ihre gelbe Kerze in dem gelben Kerzenleuchter und stellte sie ganz vorn an den Rand der Kommode. Von da aus konnte sie fast in den Petroleumofen hinuntergucken! Es war höchst aufregend, die auf und ab züngelnden Flammen dort unten zu beobachten.
»Connie, Connie! Komm aus der kalten Diele raus!« rief ihre Mutter, und Connie rannte ins Wohnzimmer, wo ein großes Feuer im Kamin brannte. Die Ker-

zen blieben allein in der Diele zurück, wo sie sich das goldene Licht anguckten, das der Petroleumofen warf.

Bald wurde der gelben Kerze ein bißchen komisch. Ihr wurde heiß am ganzen Leib. Sie fühlte sich schlapp. Sie konnte den Kopf nicht mehr hochhalten! Sie wollte sich nach einer Seite runterbeugen! Es war sehr merkwürdig!

Sie tat ihr möglichstes, um aufrecht stehen zu bleiben. Sie versuchte mit aller Macht, sich in dem Kerzenleuchter zu halten – aber es gelang ihr nicht. Langsam, langsam neigte sie sich nach einer Seite. Sie kippte über. Sie bog sich krumm. Sie wurde unten so weich, daß sie auf dem Kerzenhalter zu sitzen glaubte, statt darin zu stehen. Es war ganz schrecklich!

Natürlich war es die Hitze vom Petroleumofen, die sie zum Schmelzen brachte! Aber das wußte sie nicht, und sie schämte sich sehr, weil sie sich so sonderbar benahm, wie sie glaubte.

Die anderen Kerzen fingen nun an, sie auszulachen.

»Guck dir mal die Gelbe an!« spottete die Rote. »Sie kann nicht mehr stehen!«

»Willst du einen Sessel haben, damit du dich hinsetzen kannst?« rief die Blaue frech.

»Armes Mädchen! Sie steht so gebückt da wie die alte Frau, die heute an der Tür gebettelt hat«, sagte die Grüne.

»Ich kann nichts dafür«, hauchte die Gelbe traurig mit weicher, hinschmelzender Stimme. »Es ist nicht meine Schuld!«

»Reiß dich zusammen!« fuhr die Rote sie an. »Du bist völlig unnütz als Kerze, wenn du so dastehst!«
»Wie soll man einen Docht anzünden, der nach unten zeigt statt nach oben?« rief die Blaue. »Da würde man ja sofort wegbrennen!«
»Macht mir bitte keine Angst!« bat die Gelbe traurig und neigte das Köpfchen noch ein bißchen mehr.
»Du mußt aber wirklich ein Schlappschwanz von Kerze sein«, sagte die Grüne. »Wohl von der billigen Sorte. Wir kosten drei Groschen das Stück. Du wahrscheinlich höchstens zehn Pfennig.«
»Überhaupt nicht!« rief die arme Gelbe. »Ich habe auch drei Groschen gekostet!«
»Billige Kerze!« rief die Rote entzückt.
»Groschenkerze!« rief die Grüne und wackelte mit dem Docht und lachte.
»Connie wird dich in den Mülleimer schmeißen, wenn sie sieht, was für eine nutzlose Kerze du bist!« rief die Blaue. »Das gefällt dir bestimmt nicht. Da mußt du dich mit Kartoffelschalen, leeren Büchsen und alten Teeblättern anfreunden!«
»Sagt doch so etwas nicht!« bat die Gelbe sie und weinte zwei gelbe Wachstränen auf die Kommode.
Bald war Connies Schlafenszeit. Sie war die jüngste und ging daher als erste zu Bett, um sechs. Sie hüpfte mit Christoph in die Diele. Er war zehn und durfte daher schon Kerzen anzünden. Er riß ein Streichholz an, um Connies Kerze für sie anzuzünden.
»Guck mal!« rief er überrascht. »Guckt euch doch mal Connies Kerze an! Sie ist ganz krumm und verbogen! Man kann sie überhaupt nicht mehr gebrauchen!«

Die Rote, die Grüne und die Blaue lachten gluckernd vor sich hin, und die arme Gelbe weinte noch eine Träne auf die Kommode.

Mutter kam in die Diele. »Ach, Connie-Kind!« sagte sie. »Hast du deine Kerze vorn an den Rand der Kommode gestellt? Du hast sie so nahe an den Petroleumofen geschoben, daß er sie fast geschmolzen hat, das arme Ding! Jetzt kann man sie nicht gebrauchen!«

Connie guckte sich ihre Kerze an. Es tat ihr weh, sie so zu sehen.

»Arme Kerze!« sagte sie, den Tränen nahe. »Ich habe sie doch nur da hingestellt, damit sie warm werden sollte. Ach, was habe ich jetzt angerichtet! Arme kleine gelbe Kerze!«

Sie fing an zu weinen. Mutter nahm den Kerzenhalter in die Hand und schaute sich die krummgebogene Kerze an.

»Connie!« sagte sie. »Nun wein doch nicht! Das ist eine sehr kluge Kerze! Sie hat gewußt, daß sie einem kleinen Mädchen gehört, das Cornelia heißt oder Connie – und da hat sie sich wunderschön rund gebogen zu einem ›C‹, deinem Anfangsbuchstaben. Guck doch nur! Es ist ein ebenso schönes ›C‹ wie in deinem Schönschreibeheft!«

Alle Kinder waren nun in der Diele und guckten sich die gelbe Kerze an. Ja, wahrhaftig, Mutter hatte vollkommen recht – die Kerze war ein großes gebogenes »C«! Connie war ganz außer sich vor Entzücken.

»Mutter! Meinst du, das hat es schon jemals gegeben bei einer Kerze?« rief sie. »Ich werde sie immer behalten! Ich zeige sie allen meinen Freunden!«

»Darf ich *meine* Kerze auch an den Ofen stellen und mal sehen, ob sie ein ›L‹ macht?« fragte Lena sofort.
»Oh, nein«, sagte Mutter. »Wir dürfen die Kerzen nicht so verschwenden. Connie, hol den alten Kerzenleuchter aus der Küche und suche dir eine andere Kerze. Die gelbe darfst du mit in dein Zimmer nehmen und aufs Bücherregal stellen!«
Na, wer hätte das gedacht? Die Rote, die Blaue und die Grüne wollten es kaum glauben! Gelb war also klug! Gelb würde für lange, lange Zeit auf einem Bücherregal leben! Wenn *sie* schon lange bis auf den Kerzenhalter heruntergebrannt und weggeschmissen worden waren, würde die gelbe Kerze immer noch oben auf dem Bücherregal stehen und von allen bewundert werden!
»Man soll lieber nicht über andere lachen!« sagte die Rote.
Nein, das soll man wirklich nicht! Connies gelbe Kerze macht immer noch ein »C«. Das müßtet ihr euch eigentlich mal angucken!

Herr Donnerwetter

Herr Donnerwetter war die reinste Plage. Er wohnte in Munterdorf und machte allen Leuten das Leben schwer mit seinen albernen Zornesausbrüchen und Wutanfällen. Immerzu stampfte er mit dem Fuß auf und brüllte, und die Leute im Dorf hatten richtig Angst vor ihm.

Eines Morgens war er dahergekommen mit einer sehr großen Tasche und hatte sich im sogenannten Kleinen Haus, nicht weit vom Ententeich, eingemietet. Er war aus einem sehr heißen Land gekommen, braun wie eine Eichel. Dauernd beschwerte er sich darüber, daß es in Munterdorf nicht so warm war wie in dem Land, in dem er vorher gelebt hatte.

»Nun, dann mußt du eben dahin zurückgehen«, sagte Kicki, der Bürgermeister von Munterdorf. »Warum machst du das nicht? Jetzt ist es Herbst und noch einigermaßen warm. *Richtig* kalt wird es erst im Winter.«

»Dann schaffe ich eben Tausende von Holzscheiten ran«, sagte Herr Donnerwetter und ging gleich daran, die schönsten Bäume im Wald zu fällen.

»Das darfst du nicht!« sagte Kicki. »Wir haben die Bäume gern.«

Herr Donnerwetter kriegte sofort einen Wutanfall. Er wuchs blitzschnell zu doppelter Größe auf – eine

sehr beunruhigende Angewohnheit von ihm, wenn er wütend war – und fing an zu brüllen:
»Ich mache, was ich will! Ich bin furchtbar stark. Nimm dich in acht!«
Kicki machte sich schleunigst aus dem Staub. Du meine Güte – Herr Donnerwetter mußte ja ganz toll zaubern können, wenn er einfach doppelt so groß werden konnte! Wenn er sich nun in einen Riesen verwandelte und auf Munterdorf herumtrampelte? Das wäre überhaupt nicht nett!
Der Winter kam. Herr Donnerwetter bibberte und zitterte trotz seines prasselnden Holzfeuers. Dann fiel Schnee. Er hatte noch nie Schnee gesehen und staunte sehr, als nun alles wie mit einer weichen weißen Decke zugedeckt war. Er ging zu seinem Brunnen, um Wasser zu holen. Der Brunnen war zugefroren! Wegen der dicken Eisschicht, die darüber lag, konnte er nicht ans Wasser heran.
»Was ist denn das? Jemand hat Glas auf meinen Brunnen gelegt! Na, schön. Dann hole ich eben Wasser aus dem Teich!«
Aber der Teich war natürlich auch zugefroren! Herr Donnerwetter starrte in hellem Zorn auf das Eis. Er schoß zu seiner doppelten Größe auf und schaute sich mit finsterer Miene um. Da sah er Kicki und noch ein paar andere, die ihn beobachteten.
»Ah! Ihr habt hier eure Zauberei getrieben! Ihr habt dieses gräßliche weiße Zeug überall hingestreut, und ihr habt Glas auf meinen Brunnen gelegt und auf den Teich – ja, und auch sogar auf alle diese Pfützen. Wie könnt ihr euch unterstehen!«

»Das waren wir nicht«, wandte Kicki schüchtern ein. »Das ist Schnee – und das ist Eis. Wo du herkommst, wird es wohl beides nicht gegeben haben.«
»Also wenn ihr's nicht gemacht habt, wer hat's denn gemacht?« brüllte Herr Donnerwetter.
Kicki wußte es nicht. »Es kommt einfach so«, sagte er. »Der Schnee fällt vom Himmel, und das Eis ist auf einmal auf dem Wasser. Das passiert ganz plötzlich.«
»Ah, ja, ganz plötzlich, was?« entgegnete Herr Donnerwetter zornig. »Nun, sorgt dafür, daß es verschwindet, ja? Ich denke nicht daran, in diesem schrecklichen matschigen Zeug herumzustiefeln, und Glas auf meinem Brunnen lasse ich mir auch nicht bieten. Ihr müßt das alles wieder wegmachen!«
»Mach's doch selber weg«, sagte Kicki. »Wenn du so stark bist, wie du behauptest, müßte es doch eine Kleinigkeit sein für dich.«
»Kann ich aber nicht«, widersprach Herr Donnerwetter. »Und damit ihr's wißt: wenn ihr nicht dafür sorgt, daß alles wieder verschwindet, zertrampele ich ganz Munterdorf mit meinen großen Füßen. Kapiert?«
Er stolzierte davon. Kicki guckte die anderen verzweifelt an.
»Was sollen wir denn machen?« fragte er. »Niemand kann das ganze Dorf von so viel Schnee und Eis räumen!«
»Wir könnten ja den Schnee rund um Herrn Donnerwetters Haus wegfegen«, schlug jemand vor. »Und wir könnten heißes Wasser in seinen Brunnen gie-

ßen, damit das Eis auftaut. Ha, so was! Eis Glas zu nennen! Er ist wirklich sehr dumm!«
»Ja. Das wäre weiter nicht schlimm, wenn er nicht auch so sehr groß wäre«, sagte Kicki. »Er bringt es wirklich fertig und zertrampelt vor Wut das ganze Dorf. Hm, wir fegen wohl am besten rund um sein Haus den Schnee weg und schmelzen das Eis in seinem Brunnen. Dann gibt er sich vielleicht zufrieden.«
Also gingen zwölf von den Dorfbewohnern hin und fegten den Schnee weg, und drei andere gossen kochendes Wasser in den Brunnen, um das Eis zu schmelzen. Als die Nacht hereinbrach, lag kein Schnee mehr um Herrn Donnerwetters Haus und Garten, und er konnte wieder Wasser aus seinem Brunnen hochziehen.
»Wurde auch Zeit!« murrte er. »Ich hatte mich schon gerade so groß gemacht, daß ich alle Häuser zertrampeln könnte.«
»Reizender Kerl, nicht?« flüsterte Kicki den anderen zu. Sie lachten. Herr Donnerwetter war so ziemlich der unangenehmste Bursche, der ihnen jemals begegnet war! Sie waren alle sehr müde, als sie jetzt nach Hause gingen, aber doch auch sehr froh, weil sie sich sagen konnten, daß Herr Donnerwetter nun nicht wütend sein und ihr wunderschönes kleines Dorf zerstampfen würde.
Aber, ach! Als sie am nächsten Morgen aufwachten, mußten sie feststellen, daß es schon wieder geschneit hatte! Das ganze Dorf lag tiefer im Schnee denn je, und das Eis auf dem Teich war noch dicker als zuvor.

»Was wird Herr Donnerwetter *jetzt* wohl sagen?« stöhnte Kicki. Nun, er sagte eine Menge. Das heißt, er schrie es, bis die Schornsteinkappen auf den Dächern zitterten, und er stampfte mit dem Fuß auf, bis alle Häuser bebten.

»Guckt euch das an!« brüllte Herr Donnerwetter und zeigte auf sein Haus und seinen Garten. »Dicker Schnee auf dem Dach – Garten tief im Schnee – wieder Glas auf meinem Brunnen! Das lasse ich mir nicht bieten! Sorgt sofort dafür, daß das alles verschwindet!«

»Das können wir nicht«, sagte Kicki verzweifelt. »Es würde viel zu lange dauern, all den Schnee für dich wegzuräumen – und so schnell, wie wir das Wasser auftauen können, würde es auch wieder zufrieren.«

»Wenn nicht bis übermorgen alles weg ist, mache ich mich sechsmal so groß, wie ich jetzt bin, und tanze übers Dorf weg!« drohte Herr Donnerwetter, und das war sein voller Ernst.

Die Dorfbewohner hielten rasch Rat. Was konnten sie denn bloß machen? Es war fürchterlich!

Einer von ihnen schaute zum Himmel auf. Der war sehr grau und schwer gewesen, jetzt jedoch sah er ein bißchen heller aus. Der Wind fühlte sich auch ein bißchen wärmer an.

»Wißt ihr was«, sagte Zwink, der Wichtel, der sich den Himmel sehr genau anschaute, »ich glaube, wir kriegen wärmeres Wetter. Es würde mich gar nicht überraschen, wenn der Schnee bis übermorgen vollkommen verschwunden wäre.«

Kicki sah ihn hoffnungsvoll an. »Wirklich? Wir wol-

len zum alten Wettermann im Nachbardorf gehen und ihn fragen. Er wird's wissen!«
Also gingen sie zum alten Himmelsgucker, dem Wettermann, und fragten ihn. Der nickte. »Ja, ja«, sagte er, »das Wetter wird sich ändern! Heute nacht noch nicht, aber morgen nacht. Warme Winde werden von Süden wehen. Der Schnee wird schmelzen. Das Eis wird wegtauen. Ah, das ist wie Zauberei, wenn das Wetter ganz plötzlich umschlägt.«
»Ja – wie Zauberei . . .«, murmelte Kicki, der angestrengt nachdachte. »Hört mal! Also wenn es stimmt, was der Wettermann sagt, und wir können uns voll und ganz darauf verlassen, daß morgen nacht der Schnee schmilzt und das Eis taut, dann könnten wir Herrn Donnerwetter einen herrlichen Streich spielen und ihm einen furchtbaren Schreck einjagen!«
»Wie?« fragten alle, und sogar der alte Himmelsgukker unterbrach einen Augenblick seine Himmelsgukkerei und guckte statt dessen zu Kicki hin.
»Na, paßt mal auf«, sagte Kicki. »Ich könnte mich als großer Zauberer verkleiden. Ich könnte hingehen und an Herrn Donnerwetters Tür klopfen und zu ihm sagen: ›Ich zaubere dir alles Eis und allen Schnee noch heute nacht weg!‹ Und wenn dann bis zum Morgen tatsächlich alles wegtaut und er mich für einen wirklich sehr mächtigen Zauberer hält, drohe ich ihm, daß ich auch *ihn* wegzaubern werde, weil er so garstig und abscheulich zu Munterdorf ist!«
»Und er wird solche Angst vor dir kriegen, daß er wegrennt und vielleicht nie wieder zurückkommt!« rief Zwink. »Das ist eine großartige Idee, Kicki!«

Am nächsten Abend also klopfte es plötzlich polternd an Herrn Donnerwetters Tür. Er sprang entsetzt auf. Wer mochte das sein? Er öffnete die Tür.
Draußen stand jemand in wallendem roten Mantel und spitzem Zaubererhut. Es war natürlich Kicki, der sich verkleidet hatte, aber das wußte Herr Donnerwetter nicht.
»Guten Abend«, sagte Kicki mit sehr tiefer Stimme. »Ich komme, weil die Dorfbewohner nach jemandem gerufen haben, der mächtig genug ist, um das Dorf von Schnee und Eis zu befreien.«
»Oh – ah ja«, sagte Herr Donnerwetter. »Möchten Sie nicht bitte hereinkommen?«
»Ganz bestimmt nicht«, sagte Kicki. »Wie ich höre, sind Sie alles andere als liebenswürdig. Ich möchte auf gar keinen Fall Ihr Haus betreten. Ich werde hier draußen zaubern.«
»Wie unterstehen Sie sich, so mit mir zu reden?« brüllte Herr Donnerwetter.
Kicki zeigte sofort mit seinem Stab auf ihn und rasselte eine Kette von sonderbaren Wörtern herunter. Herr Donnerwetter wurde blaß. »Hören Sie auf!« sagte er. »Ich habe es nicht so gemeint. Üben Sie Ihren Zauber an Schnee und Eis, nicht an mir. Aber ich warne Sie, Herr Zauberer – wenn Sie dieses ganze Zeug *nicht* wegschaffen, schnappe ich Sie und schmeiße Sie in meinen Brunnen!«
»Passen Sie auf, wie ich zaubere!« sagte Kicki und ging mit wehendem weiten Mantel in den Garten. Herr Donnerwetter folgte ihm. Nun vollführte Kicki die sonderbarsten Dinge. Er hüpfte im Schnee herum.

Er nahm Schnee in die Hand und warf ihn in die Luft. Eine ganze Menge davon fiel Herrn Donnerwetter in den Kragen, aber er traute sich nicht, ein Wort zu sagen.
Die ganze Zeit über rief Kicki Worte, die sich außerordentlich zauberisch anhörten. Dann brach er ein Stück Eis von einer Pfütze und warf auch damit um sich. Zwei große Brocken trafen Herrn Donnerwetter, aber er sagte auch jetzt noch nichts.
Schließlich hörte Kicki auf. »So«, sagte er. »Ich habe gezaubert. Morgen früh sind Schnee und Eis verschwunden. Guten Abend!«
Kichernd hüpfte er davon, und in der Nacht, als der Wind wirklich sehr warm wurde, zerschmolz unter lautem Gurgeln und Rauschen der Schnee überall zu Wasser.
Das Eis taute ebenfalls weg, und als Herr Donnerwetter aufwachte und zum Fenster hinausschaute, war kein bißchen Eis oder Schnee zu sehen! Er glaubte tatsächlich, daß der Zauberer das alles vollbracht hatte!
»Toller Kerl! Ganz, ganz toller Kerl – und ein *mächtiger* Zauberer«, sagte Herr Donnerwetter voller Bewunderung. »Den möchte ich gern zum Freund haben.«
Kicki kam wenig später zu seinem Haus. Er bumste laut gegen die Tür. Herr Donnerwetter öffnete ihm, übers ganze Gesicht lächelnd.
»Wunderbar!« sagte er. »Großartig! Sie würde ich gern zum Freund haben, Zauberer.«
Kicki schaute so finster drein wie eine Gewitterwolke.

»Ho!« sagte er. »Das möchten Sie gern, wie? Dann will ich Ihnen mal was sagen. Ich möchte mit einem so abscheulichen Kerl wie Ihnen nicht befreundet sein, und wenn mir alle Zauberkraft der Welt zu Gebote stünde! Ich bin gekommen, um Ihnen zu sagen, daß ich Schlimmes über Sie gehört habe – und ich glaube, es wird Zeit, daß ich *Sie* jetzt auch wegzaubere! Mit demselben Zauber, mit dem ich Eis und Schnee vertrieben habe, ginge das ganz fabelhaft.«
»Du meine Zeit! Tun Sie das ja nicht!« rief Herr Donnerwetter, der einen mächtigen Schreck bekommen hatte.
»Ich gehe jetzt frühstücken«, sagte Kicki, »aber nach dem Frühstück komme ich wieder. Ich zaubere nicht gern vor dem Frühstück, weil mir der Appetit davon vergeht – aber gleich hinterher sehen Sie mich wieder hier, und dann zaubere ich den Zauber, mit dem wir Sie loswerden! Haha! Hoho! Das wird ein Vergnügen!«
Kicki versuchte nicht zu kichern, als er sich nun auf den Heimweg machte. Er war überzeugt, daß Herr Donnerwetter sofort Reißaus nehmen würde! Er würde nicht erst warten, bis jemand zurückkam und ihn wegzauberte!
Alle guckten verstohlen aus ihren Fenstern, weil sie sehen wollten, was Herr Donnerwetter machen würde, wenn Kicki nicht mehr zu sehen war.
Er stürzte aus dem Haus und holte eine Schubkarre aus seinem Schuppen. Er belud sie hoch mit allen möglichen Sachen.
Er packte zwei große Koffer und einen kleinen.

Er lud alles auf seine Schubkarre und machte sich, so schnell er konnte, davon.
Er dachte nicht daran, erst noch zu warten, bis Kicki gefrühstückt hatte. O nein, so dumm war er nicht!
»Guter alter Kicki! Schlauer alter Kicki!« hieß es überall im Dorf an diesem Tag. »Donnerwetter ist weg, und er kommt nie wieder zurück. Du kannst dir sein Haus nehmen, Kicki. Du hast es verdient!«
Also zog Kicki sofort ein, denn er war ganz sicher, daß Herr Donnerwetter für immer ausgezogen war.
Und da hatte er recht!

Unerwartete Geschenke

»So – ist alles fertig?« fragte der Nikolaus, als er neben seinem Rentierschlitten stand. »Der Sack drin? Alle Spielsachen im Sack – besonders diese neuen Flugzeuge für die Jungs? Sind die Rentiere gut gefüttert worden?«
»Ja, Herr«, versicherte Hans Muff, sein kleiner Knecht. »Guck doch, wie sie mit den Füßen stampfen und das Geweih in die Höhe werfen! Sie brennen darauf, loszufahren. Auf Wiedersehen, Herr. Ich hoffe, du hast eine gute Reise. Du wirst sehen, daß du mehr als genug Spielsachen in deinem Sack hast, und du kennst ja den Zauberspruch, wenn du doch noch mehr brauchst.«
»Ja«, sagte der Nikolaus und stieg in seinen Schlitten. »Brrrr! Es ist eine kalte und frostige Nacht. Pack die Decke bitte fest um meine Füße!«
Er wurde warm eingemummelt. Dann nahm er die Zügel und schnalzte den vier Rentieren zu. »Also dann mal los! In die Luft mit euch – und haltet mir um Himmels willen nach Telefondrähten Ausschau, bevor wir irgendwo auf einem Dach landen!«
Die Glöckchen bimmelten laut, als die Rentiere nun über den Schnee galoppierten und sich dann mit immer noch galoppierenden Hufen sachte in die Luft erhoben. Nur Rentiere, die dem Nikolaus gehörten,

konnten durch die Lüfte galoppieren. Sie taten's sehr gern. Es war ein wunderbares Gefühl.
Schon bald verließen sie den Himmel über dem Spielzeugland und galoppierten in den Himmel über unserem Land. Der Mond stieg auf und beleuchtete alles. Der Nikolaus guckte nach unten.
»Wir sind da! Ein bißchen tiefer jetzt, Rentiere. Ich muß mal eben in meinem Notizbuch die Namen nachschlagen.«
»Peter Josten, Sybille Weiß, Alex Weiß, Michael Anders . . . Die müssen alle hier irgendwo wohnen. Haltet auf dem nächsten Dach, Rentiere!«
Die Rentiere galoppierten abwärts. Das größte hielt nach Telefondrähten Ausschau. Im Jahr zuvor war es mit den Hufen in den Drähten hängengeblieben und hätte fast den Schlitten umgekippt. Es führte die anderen wohlbehalten auf ein großes Dach hinunter, auf dem ein dicker Schornstein stand.
Der Nikolaus stieg aus und hob seinen Sack vom Schlitten. »Zwei Kinder wohnen hier«, sagte er. »Sybille und Alex Weiß. Brave Kinder. Ich lasse ihnen ein paar hübsche Spielsachen da.«
Er verschwand durch den Schornstein. Die Rentiere warteten geduldig. Eins von ihnen fing an, auf dem Dach zu scharren, hörte aber sofort wieder auf. Ihm fiel ein, daß man ihm das streng untersagt hatte. Die Kinder im Haus könnten aufwachen, wenn sie Scharren und Stampfen auf dem Dach hörten!
Der Atem der Rentiere sah aus wie Dampf in der frostigen, mondhellen Luft. Sie standen da und schauten auf die stille Stadt hinunter. Dies war ein großes

Abenteuer für sie, und sie genossen jeden Augenblick.

Der Nikolaus steckte den Kopf zum Schornstein heraus. »Zieh mal an mir«, sagte er zu dem größten Rentier. »Ich sitze fest!«

Das Rentier drehte den großen Kopf und ging mit dem Maul dicht an den Nacken des Nikolaus. Es zog dann hinten an seinem Mantel, und der Nikolaus kam mit einem Ruck heraus und sein Sack nach ihm.

»Danke«, sagte er. »Ich muß wohl ein bißchen dicker geworden sein. In dem Schornstein bin ich noch nie steckengeblieben. Die beiden Kinder haben fest geschlafen, Rentiere. Sie sind aber wirklich gewachsen seit vorigem Jahr! Das Mädchen hat aufgehört, an den Fingernägeln zu knabbern. Das fiel mir auf. Ich habe ihr eine besonders hübsche Puppe dagelassen, weil ich mich wirklich sehr über sie gefreut habe!«

»Hrrmmmpfff!« machten die Rentiere, und es klang, als freuten sie sich auch. Wenig später galoppierten sie schon wieder mit bimmelnden Glöckchen wie der Wind weiter.

Der Nikolaus hatte furchtbar viel zu tun. Er brachte Spielsachen hierhin und dahin und überallhin. Endlich kam er zu einem kleinen Dorf und spähte nach unten. »Da unten wohnen irgendwo zwei Kinder«, sagte er. »Augenblick mal – wie heißen die doch wieder? Ah ja – Elisabeth und Jonas. So – wo ist mein Notizbuch? Was soll ich ihnen in diesem Jahr bringen?«

Er blätterte in dem Notizbuch und ging eine Liste von Namen durch. »Oje! Was ich in diesem Jahr über sie gehört habe, klingt gar nicht gut! Sie waren frech zu ihrer Mutter – und faul in der Schule. Ich werde ihnen wohl nichts bringen können. Und im letzten Jahr schienen sie solch nette Kinder zu sein. Wie schade! Rentiere – weiter geht's zur nächsten großen Stadt, bitte. Da wohnen viele, viele Kinder.«

Und da passierte etwas. Ein Flugzeug kam ihnen entgegen, als die Rentiere gerade in den frostigen Nachthimmel hinaufgaloppieren wollten. Es gab keinen Zusammenstoß, weil das größte Rentier sofort zur Seite auswich – aber das Flugzeug brauste mit solch einem gewaltigen Luftzug dicht am Schlitten vorbei, daß der Nikolaus fast hinausgeweht worden wäre! Er hielt sich mit aller Kraft an den Seitenwänden des Schlittens fest und ließ nicht los, obwohl ihm die Beine über Bord gerissen wurden und er überaus vorsichtig zurückklettern mußte.

Er setzte sich und wischte sich den Schweiß von der Stirn. »Du liebe Zeit! Das ist ja noch einmal gutgegangen!« sagte er. »Mir ist ganz schwindelig. Lauft langsam zur nächsten Stadt, Rentiere. Ich habe einen großen Schreck bekommen.«

Also fuhren sie ganz, ganz langsam, und der Nikolaus legte sich in seinen Decken der Länge nach hin und erholte sich von der Aufregung. Er wußte nicht, daß sein Sack mit Spielsachen aus dem Schlitten geweht worden war!

Der war in die Luft gewirbelt worden, als das Flugzeug fast mit ihnen zusammengestoßen war, und war dann abgestürzt. Er landete mit einem lauten Bums auf dem Dach eines Hauses, platzte auf und schleu-

derte alle Spielsachen auf die Dachziegel. Nacheinander rollten sie dann vom Dach: Schiffe, Puppen, Bälle, Struwwelmohren, Züge und was nicht alles.
Bummdi-bumm! Klapperdi-klapp! Rulledi-roll! Runter kam alles und plumpste überall in den Garten.
Die beiden Kinder im Haus waren hellwach. Sie hatten überhaupt noch nicht geschlafen. Es waren Elisabeth und Jonas Frost, die beiden Kinder, denen der Nikolaus keine Spielsachen hatte bringen wollen, weil sie so schlechte Zeugnisse hatten und im vergangenen Jahr so unartig zu ihrer Mutter gewesen waren.
Sie hatten nicht einschlafen können, weil sie so unglücklich waren. Ihre Mutter lag im Krankenhaus – und ausgerechnet jetzt vor Weihnachten! Nichts hätte schlimmer sein können.
»Mir wäre nicht ganz so schrecklich dabei zumute, wenn wir nicht so abscheulich zu Mutter gewesen wären«, sagte Jonas. »Sie hat nie etwas davon gesagt, daß sie krank war – und wir sind immer weiter frech zu ihr gewesen. Was war denn bloß in uns gefahren, daß wir uns so abscheulich benommen haben?«
»Ich weiß es auch nicht«, sagte Elisabeth. »Und jetzt haben wir Papa auch noch Kummer gemacht, weil unsere schlechten Zeugnisse genau an dem Tag gekommen sind, an dem Mutter ins Krankenhaus mußte – als ob er nicht auch so schon genug Pech gehabt hätte! Mir ist ganz elend. Ich wünschte, wir hätten gute Zeugnisse, um den armen Papa aufzumuntern.«
»In diesem Jahr gibt's bestimmt nichts vom Niko-

laus«, sagte Jonas verdrießlich. »Mutter nicht da – Papa voller Sorge. An uns wird überhaupt niemand denken.«

»Hm, Frau Braun von nebenan hat gesagt, es würde uns recht geschehen, wenn wir einen gräßlichen Nikolaustag hätten«, sagte Elisabeth. »Sie sagt, sie hat gehört, wie frech wir zu Mutter waren. Und sie hat gesagt, wenn wir nicht so abscheulich gewesen wären, hätte sie uns Geschenke gebracht, aber sie glaubt nicht, daß wir irgend etwas verdient hätten.«

»Hm, sie hat recht«, sagte Jonas. »Wir waren einfach . . . Du! Was ist denn das, was man da hört? Klingt nach kleinen Glocken!«

Es *waren* kleine Glocken. Die Kinder horchten. Dann hörten sie noch etwas anderes. »Ein Flugzeug!« sagte Elisabeth. »So tief! Ich möchte gern wissen, was für Glocken das waren.«

Plötzlich bumste etwas laut aufs Dach. Krach! Dann kamen lauter andere, leisere Geräusche. *Bumm-dibumm! Klapperdi-klapp! Rulledi-roll!*

Die Kinder setzten sich im Bett auf und schauten zum Fenster hinaus. Im Mondschein sahen sie lauter kleine Sachen von oben herunterfallen. Was mochte denn da bloß los sein?

»Was ist das?« fragte Jonas ängstlich. »Etwas ist aufs Dach gefallen. Meinst du, das Flugzeug hat vielleicht etwas fallen lassen? Sollen wir nach draußen gehen und nachgucken?«

»Ja!« sagte Elisabeth und war schon aus dem Bett. Sie zog schnell ihren dicken Bademantel über und schlüpfte in warme Pantoffeln. »Schnell! Komm!«

Sie liefen die Treppe hinunter und öffneten die Tür zum Garten. Über den ganzen Garten verstreut lagen lauter kleine dunkle Sachen. Elisabeth hob das erstbeste Ding auf und guckte es sich im Mondschein an.
»Jonas! Das ist ja eine Puppe! Die hübscheste Puppe, die ich jemals gesehen habe. Guck doch mal!«
Aber Jonas hob gerade einen Eisenbahnzug auf – und ein großes Schiff mit herrlichen Segeln – und drei Hampelmänner, die in einer Reihe nebeneinanderlagen! Elisabeth fing auch an, die Sachen aufzusammeln. Noch eine Puppe – zwei dicke Teddybären – ein Puppenhaus, an dem der Schornstein abgebrochen war – eine Spieldose. Ja, in dieser Nacht schienen die Spielsachen überhaupt kein Ende zu nehmen in ihrem Garten!
Die Kinder trugen sie alle an einer Stelle zusammen und guckten sie sich dann noch einmal genauer an. Was für eine wunderschöne Sammlung! Elisabeth drückte alle Puppen nacheinander an sich, und Jonas zog die Lokomotive auf, um zu sehen, ob das Uhrwerk noch ganz war.
»Wo können sie denn nur herkommen? Ob das Flugzeug sie tatsächlich abgeworfen hat?« fragte Elisabeth.
»Nein, das glaube ich nicht«, sagte Jonas. »Weißt du, was ich glaube, Elisabeth? Daß der Nikolaus über unser Haus hinweggaloppiert ist und seinen Sack mit Spielsachen fallen lassen hat. Guck mal, da oben auf dem Dach! Das sieht doch wie ein großer aufgeplatzter Sack aus, oder nicht?«
Tatsächlich! Die Kinder schauten zu dem Sack hinauf.

»Hm – dann werden wir wohl nichts behalten können von diesen schönen Sachen«, sagte Elisabeth und seufzte. »Ach, ich liebe die Babypuppe ja so! Was sollen wir denn mit den Sachen machen?«
»Wenn der Nikolaus merkt, daß er seinen Sack verloren hat, wird er wohl zurückkommen und danach suchen«, sagte Jonas. »Am besten packen wir alles in einen von unseren Säcken – im Schuppen liegen mehr als genug. Wir lassen ihn im Garten stehen, damit er ihn sehen kann. Bei dem Mondschein entdeckt er ihn bestimmt sofort.«
»Ich wünschte, wir könnten wenigstens etwas behalten«, sagte Elisabeth.
»Das dürfen wir aber nicht«, sagte Jonas. »Erstens gehören uns die Spielsachen nicht, und zweitens weißt du genausogut wie ich, daß wir nichts verdient haben.«
Sie holten einen großen Sack und packten alles hinein. Als sie ihn gerade zubanden, hörten sie wieder dieses Geklingel von kleinen Glocken – und da, oben am mondhellen Himmel, sahen sie den Rentierschlitten und den Nikolaus, der sich herausbeugte und nach unten schaute. Er sah die Kinder natürlich, und sofort kam er herunter, und die Rentiere landeten weich im Gartenschnee.
»Dein Sack ist auf unser Dach gefallen!« rief Jonas, während er zu ihm hinlief, um ihm aus dem Schlitten zu helfen. »Wir haben alle Spielsachen eingesammelt und in einen anderen Sack gepackt. Da sind sie!«
»Oh, ihr braven, ehrlichen Kinder!« strahlte der Nikolaus und nahm den Sack entgegen. »Bestimmt ste-

hen eure Namen auf meiner Liste. Ihr dürft euch euer Geschenk *selber aussuchen*, weil ihr mir so nett geholfen habt. Wollen wir mal sehen – wie heißt ihr?«

»Elisabeth und Jonas, Nikolaus«, antwortete Elisabeth. Sofort machte der Nikolaus ein sehr ernstes Gesicht.

»Oh! Tut mir leid – eure Namen stehen in diesem Jahr *nicht* auf der Geschenkliste. Schlechte Leistungen in der Schule – und nicht nett zur Mutter. Wie schade!«

Die Kinder wurden rot. »Ja«, sagte Jonas. »Es ist schlimmer als nur schade, Nikolaus. Unsere Mutter liegt im Krankenhaus, und wir können es uns nicht verzeihen, daß wir sie so traurig gemacht haben. Und unser Vater hat nun auch noch unsere schlechten Zeugnisse bekommen, wo er sich gerade so große Sorgen wegen Mutter macht. Aber wir wollen uns ganz bestimmt bessern!«
»Ja. Wir werden beide Klassenbeste, und wir werden alles für Mutter tun, wenn sie nach Hause kommt,

und so lieb zu ihr sein, daß sie froher und glücklicher sein wird, als sie jemals war!« sagte Elisabeth. »Wir haben in diesem Jahr mit keinen Geschenken von dir gerechnet. Wir haben nicht mal unseren Strumpf aufgehängt.«

»Hm – es tut gut, Kinder zu sehen, die sich nicht schämen zuzugeben, wenn sie etwas falsch gemacht haben und böse gewesen sind«, sagte der Nikolaus. »Vielleicht lasse ich euch doch lieber wenigstens zwei Kleinigkeiten hier als Belohnung dafür, daß ihr mir alle meine Spielsachen eingesammelt habt.«

»Es wäre uns lieber, wenn du Mutter etwas ins Krankenhaus bringen könntest«, sagte Jonas. »An dem Tag, bevor sie krank wurde, ist ihre Uhr kaputtgegangen. Meinst du, du könntest ihr vielleicht eine neue bringen?«

»O ja!« sagte der Nikolaus. »Das mache ich. Auf Wiedersehen und vielen Dank – und sorgt dafür, daß eure Namen im *nächsten* Jahr auf meiner Liste stehen!«

Er fuhr in die Luft davon mit klingelnden Glöckchen, und die Kinder, die plötzlich sehr müde waren, gingen zu Bett. Kaum zwei Minuten später schliefen sie schon fest.

Am nächsten Morgen – welche Überraschung! Am Fußende von Elisabeths Bett stand die große Babypuppe, die sie in der Nacht draußen aufgehoben hatte – und an Jonas' Fußende stand der Zug!

»Er ist noch einmal zurückgekommen! Oh, er ist der liebste Kerl von der Welt!« rief Elisabeth. »Jonas – hoffentlich hat er an Mutters Uhr gedacht!«

Natürlich hatte er daran gedacht. Mutter staunte

noch mehr als die Kinder, als sie solch ein schönes Geschenk an ihrem Bett fand – und dazu noch eins, von dem niemand etwas geahnt hatte!

»Na, das war aber mal ein Abenteuer, das viel Gutes gebracht hat!« sagte der Nikolaus, als er in der Nacht zum Spielzeugland zurückgaloppierte. »Ich treffe gern Kinder, die einsehen, daß es nicht richtig war, was sie gemacht haben, und die sich nun bessern wollen. Werden die morgen früh überrascht sein, wenn sie aufwachen! Ob ihre Namen wohl im nächsten Jahr auf meiner Liste stehen?«

Ja, aber selbstverständlich, Nikolaus. Ganz bestimmt!

Der verfressene kleine Spatz

Federchen hieß ein verfressener kleiner Spatz, der immer der erste an der Vogelkrippe war und als letzter wieder wegflog. Oh, die eingetunkten Hundekuchen schmeckten ihm so gut, auch die Pellkartoffeln und die leckeren Kuchenkrümel, die Ilse und Jobst jeden Morgen auf das Brett im Garten streuten!
Am liebsten hätte er die anderen Vögel von der Krippe verscheucht, um noch mehr fressen zu können. Aber wie sollte er *das* machen?
»Ich weiß!« sagte er nach langem Nachdenken. »Ich werde behaupten, die schwarze Katze schliche herum. Dann trauen die anderen sich nicht heran, und ich kann so viel fressen, wie ich will!«
Als Ilse und Jobst also am nächsten Morgen Futter auf ihre Vogelkrippe streuten, fing Federchen plötzlich lauthals zu tschilpen an:
»Nehmt euch in acht! Nehmt euch in acht! Tschilp! Tschilp! Die Katze schleicht herum! Tschilp! Sie hat sich unter einem Busch versteckt! Ich habe sie gesehen! Tschilp! Sie wartet nur darauf, daß wir auf die Vogelkrippe fliegen, und dann stürzt sie sich auf uns. Tschilp!«
Alle Vögel hörten dieses Warngeschrei und blieben in den Büschen oder auf der Dachrinne sitzen. Vor der Katze hatten sie alle Angst. Niemand wollte von

Möhrchen geschnappt werden, die mit ihren scharfen Krallen sogar einen großen Vogel, wie zum Beispiel Glänz, die Amsel, erlegen konnte.
»Ich fliege mal eben zur Krippe hinunter und gucke nach, ob Möhrchen immer noch irgendwo in der Nähe ist!« tschilpte Federchen nach einer kleinen Weile. »Bleibt alle, wo ihr seid! Ich fliege runter!«
Er flog runter – und pickte sofort und so schnell er konnte auf die Brotkrümel ein.
»Tschilp!« rief er den anderen zu. »Nehmt euch in acht! Seid vorsichtig! Hütet euch! Ich glaube, ich sehe die Katze unterm Fliederstrauch! Ich rufe euch, wenn sie weggeht!«
Federchen pickte noch einmal tüchtig auf das Futter ein, während er immer wieder so tat, als halte er nach der Katze Ausschau. Die anderen Vögel guckten ihm hungrig zu – aber keiner traute sich, zu ihm hinzufliegen. Sie hatten schreckliche Angst vor der Katze Möhrchen.
Plötzlich aber plapperte der Star los, der oben auf dem Schornstein gesessen und sich die Zehen gewärmt hatte. »Na, hört mal, hört mal! Da liegt Möhrchen im Garten nebenan! Also kann sie wohl kaum unter dem Fliederbusch lauern!«
Und tatsächlich, als die Vögel jetzt hinguckten, sahen sie Möhrchen nebenan im Garten friedlich in der Sonne schlafen. Ein Vogel nach dem anderen flog zur Krippe hinunter, und bald ließen sie sich's alle gut schmecken. Aber Federchen hatte schon die besten Brocken hinuntergeschlungen, das ist doch klar!
Am Tag darauf versuchte Federchen es wieder mit

demselben Trick. Sobald Ilse und Jobst den Vogeltisch mit Resten gefüllt hatten und die Vögel von allen Seiten herbeigeflogen kamen, tschilpte Federchen oben auf der Dachrinne aufgeregt:
»Tschilp! Tschilp! Fliegt schnell weg! Ich sehe einen getigerten Kater da drüben an der Tonne! Er beobachtet euch alle! Gleich stürzt er sich auf euch! Tschilp!«
Unter ängstlichem Piepen und wildem Geflatter flogen alle Spatzen und Buchfinken und Stare und Drosseln sofort von der Vogelkrippe weg. Manche flogen in die Büsche, manche flogen aufs Dach, und manche kriegten solche Angst, daß sie aufs Feld hinaus flogen.
Federchen freute sich. Er flog zum Vogeltisch hinunter und rief den anderen zu:
»Ich behalte diesen getigerten Kater im Auge! Von hier aus kann ich ihn sehen! Ich sage euch Bescheid, wenn er weg ist! Oh, du böser Kater, ich kann dich sehen, oh, ja! Ich kann dich sehen! Tschilp! Tschilp!«
»Ist Federchen nicht mutig?« sagte ein kleiner Buchfink mit leuchtend hellroter Brust.
»Toll, wie er gleich jede versteckte Katze entdeckt«, lobte ihn ein Spatzenmann.
»Und es gehört eine Menge Mut dazu, auf dem Tisch auszuharren und uns Bescheid zu sagen, wenn der Kater weg ist«, fügte ein schwarz glänzender Star hinzu. »Der Kater könnte sich doch leicht auf ihn stürzen.«
Federchen hörte das alles und tschilpte entzückt vor sich hin. Er tat etwas sehr Gemeines – und die ande-

ren lobten ihn auch noch und hielten ihn für einen feinen, tapferen Kerl!

Oh, ich bin schlau, o ja! dachte Federchen bei sich. Die anderen sind alle dumm. Ich bin der einzige Schlaue. Guck doch nur mal, wie leicht ich sie an der Nase herumführen kann! Ich halte sie so lange vom Futter weg, bis ich mir das beste herausgepickt habe!

Er pickte fleißig drauflos und tat dabei so, als behielte er die ganze Zeit den Kater im Auge. Dann, als er all die besten Happen und Krümel verschlungen hatte, tschilpte er die anderen herbei:

»Jetzt könnt ihr unbesorgt zur Krippe kommen – der Kater ist weg. Ich habe ihn davonschleichen sehen. Er hat Angst vor *mir*!«

Die Vögel flogen runter und ließen sich's schmecken. Sie waren sehr höflich zu Federchen, den sie alle für einen reizenden, hilfsbereiten Kerl hielten.

Am nächsten Tag erspähte er ein paar Kuchenkrümel im übernächsten Garten. Die fraß er sehr gern, weil sie süß waren. Die Kinder hatten im Garten Kuchen gegessen und eine Menge Krümel um sich verstreut. Federchen freute sich wie ein Schneekönig.

»Außer mir scheint sie noch niemand gesehen zu haben«, dachte Federchen bei sich. »So ein Glück. Ich werde sie mit niemandem teilen. Ich fliege einfach hin und picke sie auf.«

Als er gerade runterfliegen wollte, tschilpte ihm eine kleine Spätzin vom Dach zu:

»Federchen! Federchen! Gib acht! In dem Garten lauert eine große graue Katze! Flieg nicht zu den Kuchenkrümeln hin!«

»Oho!« sagte Federchen, während er sich rasch umschaute. »Da gibt's also noch eine Spätzin mit demselben Trick, die so tut, als wären Katzen da, um sich die Krümel selber holen zu können! Nein, nein, kleine Spätzin – *ich* falle darauf nicht herein. Ich bin viel zu schlau.«
Er flog runter zu den Krümeln und fing an, sie aufzupicken. Die kleine Spätzin auf dem Dach hüpfte in größter Aufregung und Angst hin und her: »Federchen! Die Katze ist da! Komm zurück! Komm zurück! Friß die Krümel später, wenn die Katze weg ist!«
Federchen hörte nicht auf sie. Er pickte weiter die

Krümel auf, die wirklich sehr lecker waren. Diese kleine Spätzin mochte so schlau sein, wie sie wollte – *er* würde sich von ihr nichts weismachen lassen!
Aber die Spätzin wollte ja gar nicht schlau sein – sie war freundlich und meinte es gut mit ihm. Die Katze war *wirklich* da! Und plötzlich merkte Federchen es auch, denn er hörte ein leises Rascheln – und im nächsten Augenblick stürzte sich die große graue Katze auf den verfressenen kleinen Spatz.
Und das wäre Federchens Ende gewesen, wenn die kleine Spätzin oben auf dem Dach nicht solch einen Lärm gemacht hätte. Lore, das kleine Mädchen, dem die Katze gehörte, hörte den Lärm und kam nach draußen gerannt. Sie brachte die Katze dazu, daß sie Federchen wieder losließ – und er flog davon mit einem gebrochenen Bein und überhaupt keinen Federn mehr am Schwanz.
Armes Federchen! Das war eine schreckliche Strafe dafür, daß er so verfressen war und geschwindelt hatte. Er hielt sich für so schlau – aber er war nicht einmal schlau genug, um zu wissen, daß es dumm ist, immerzu fressen zu wollen und zu lügen.
Falls ihr mal einen kleinen Spatz seht, der einen ziemlich kurzen Schwanz hat und auf einem Bein humpelt, dann guckt ihn euch genau an. Bestimmt ist es Federchen.

Der eingebildete kleine Hund

Es war einmal ein Hund, der hieß Prinz und lebte bei Frau Tütel, seitdem er ein kleiner Welpe war. Sie war sehr stolz auf ihn, denn sein Vater und seine Mutter und seine beiden Großmütter und seine beiden Großväter hatten viele Preise gewonnen.

Frau Tütel hatte einen wunderschönen Korb für Prinz, der innen mit rotem Flanell ausgeschlagen war, damit er's warm hatte. Sie kaufte ihm ein sehr teures Halsband. Sie ging zu einer Töpferei und ließ eigens für ihn einen Napf anfertigen, mit seinem Namen Prinz auf dem Rand.

Prinz kam sich ganz toll vor. Er guckte sich die alte Hundehütte im Garten an und dachte bei sich: Ha! Die mag ja wohl gut genug sein für gewöhnliche Hunde, aber ein Hund wie ich, der schläft in einem rot ausgeschlagenen Korb beim Feuer! Ich bin ein Prinz unter den Hunden!

Und als er nun wuchs und größer wurde, wurde er immer noch eitler und eingebildeter. Er guckte auf die anderen Hunde herunter. Er duldete keine Katze im Garten. Er scheuchte sogar die Vögel weg, die Krümel aufpicken wollten!

»Alle Krümel in diesem Garten gehören *mir*!« sagte Prinz.

»Schwindler! Sie werden für uns hingestreut!«

tschilpte der Spatz auf demDach. »Und was willst du denn überhaupt auch mit Krümeln? Kriegst du nicht genug zu fressen?«
Prinz hatte es nicht gern, wenn jemand seine Herrin besuchen kam. Er knurrte die Besucher an. Er zeigte sogar die Zähne. Frau Tütel gefiel das nicht.
Sie schimpfte mit ihm. »Das kann nicht so weitergehen, Prinz. Wenn du dich meinen Freunden gegenüber so benimmst, muß ich dich in die Küche sperren, wenn sie kommen!«
»Wenn du das machst, renne ich weg!« knurrte Prinz frech.
»Es kommt alles daher, weil du verwöhnt bist«, sagte Frau Tütel. »Nun hör mal gut zu. Frau Zwinker kommt heute zum Tee. Untersteh dich, zu bellen oder zu knurren oder die Zähne zu fletschen – oder du gehst in die Küche!«
Nun, Prinz *bellte* – und er knurrte – und er fletschte die Zähne! Also wurde er in die Küche gesperrt, und die Tür wurde fest zugemacht hinter ihm. Er war sehr, sehr wütend, zumal er die süßen kleinen Milchbrötchen riechen konnte, die im Wohnzimmer gerade getoastet wurden, und die fraß er für sein Leben gern.
So eine Behandlung lasse ich mir nicht gefallen! dachte Prinz böse. Ich laufe weg! Frau Tütel werde ich's mal zeigen! Ich werde ihr fehlen. Sie wird niemanden haben, der ihr Haus bewacht. Haha!
Er lief zur Hintertür hinaus und weiter den Weg entlang, der in die Felder führte. Er war ein sehr schöner Hund, und im Laufen hielt er Kopf und Schwanz hoch

aufgerichtet. Kein Wunder, daß ein vorbeikommender Landstreicher ihn sich sehr genau anschaute und dachte: Das ist ein prima Hund zum Stehlen!
»Es ist ein wertvoller Hund, das sieht man auf den ersten Blick«, sagte der Landstreicher und pfiff nach Prinz. Prinz lief sofort zu ihm hin, und im Handumdrehen hatte der Mann ein Stück Schnur an seinem Halsband festgeknotet und führte ihn mit sich fort.
Ich binde ihn ein paar Tage an, und dann verkaufe ich ihn, dachte der Landstreicher. »Nun komm, Hund – zerr nicht so! Was! Du willst nicht kommen? Na, ich habe hier einen Stock. Wie gefällt dir das? Patsch! Patsch! Patsch! Ah, jetzt kommst du schön mit, ja?«
Armer Prinz! Der Mann nahm ihn mit zu seinem baufälligen kleinen Häuschen und band ihn hinten auf dem Hof kurz an. Prinz hatte Angst und war sehr unglücklich.
Frau Tütel wußte nicht, wo er war. »Närrischer, törichter Hund!« sagte sie. »Er ist weggelaufen, wie er gesagt hat. Tja, wenn ihm so wenig an seinem Haus und seiner Herrin liegt, dann hat es keinen Zweck, sich seinetwegen Sorgen zu machen. Jetzt kann ich mir eine Katze halten. Bisher habe ich mich nie getraut, eine ins Haus zu nehmen. Ich werde Frau Zwinker sagen, daß ich die wunderschöne schwarze Katze nehme, die sie mir angeboten hat – die mit den Augen so grün wie Gurken. Sie ist ein Prachttier und wird mir meine Mäuse fangen.«
Also zog am nächsten Tag Grünauge zu Frau Tütel ins Haus. Sie machte es sich in Prinz' Korb am Feuer bequem, entzückt, daß sie solch ein behagliches Heim

angetroffen hatte. Des Nachts ging sie auf die Mäusejagd, und Frau Tütel war sehr zufrieden mit ihr.
Dann schenkte jemand Frau Tütel einen Kanarienvogel in einem Käfig, der ihr frühmorgens etwas vorträllern sollte. Sie hängte den Käfig am Fenster auf und verbot Grünauge, danach zu springen. Es war wunderschön, den kleinen Vogel jeden Morgen singen zu hören.
Eine Woche verging, und eines Morgens – was für eine Überraschung für Frau Tütel: in Grünauges Korb waren vier schöne Kätzchen, alle mit fest geschlossenen Augen. Aber sie schliefen nicht. Neugeborene Kätzchen haben zuerst immer geschlossene Augen.
»Na, nun guck sich das einer an!« rief Frau Tütel entzückt aus. »Ich habe immer schon kleine Kätzchen gern gehabt. Jetzt haben wir vier! Ach, wird das schön, wenn sie erst einmal herumlaufen!«
Inzwischen war es Prinz endlich gelungen, die Schnur durchzubeißen, mit der er festgebunden war, und so schnell er konnte, rannte er nach Haus. Er hatte sehr, sehr wenig zu fressen gekriegt. Er hatte sich einen Schnupfen geholt, und ihn fror erbärmlich, und er hatte Heimweh. Oh, wie freute er sich auf seinen warmen Korb am Feuer, auf ein tüchtiges Fressen aus dem Napf mit seinem Namen und auf das Getue und Gehätschel, womit Frau Tütel ihn empfangen würde!
Er rannte zur Hintertür hinein und dann gleich ins Wohnzimmer, um seinen Korb und seine Herrin zu finden. Aber was war das? Eine große, grünäugige Katze funkelte ihn böse an aus einem Korb voller klei-

ner Kätzchen, und auf einmal fiel die Katze mit einem einzigen Satz über Prinz her und kratzte mit zehn scharfen Krallen nach ihm!

»Woff! Woff!« kläffte Prinz und riß schleunigst in die Küche aus. Er hörte den Kanarienvogel am Fenster laut singen:

»Wer ist dieser böse Hund, dieser garstige Hund? Ihm nach, Grünauge! Trilla, trilla-li-i!«

Frau Tütel ging in die Küche. »Da bist du ja wieder, Prinz!« begrüßte sie den Hund. »Ich dachte schon, du bist weggerannt und kommst nie mehr zurück. Du warst so böse und ärgerlich, weil ich Freunde zu Besuch hatte. Da dachte ich, du bist sicher zu jemandem gezogen, der immer allein ist. Du willst doch gewiß nicht wieder bei mir bleiben?«

»Woff! O doch! Woff! O doch!« sagte der arme Prinz, der nun sehr traurig war und große Angst hatte. »Gib mir meinen schönen Korb und meinen wunderbaren Napf wieder! Ich will von jetzt an ein braver Hund sein.«

»Freut mich zu hören«, sagte Frau Tütel. »Du kannst hier wohnen, denn es ist ja dein Haus. Aber dein Korb gehört jetzt Grünauge und ihren allerliebsten kleinen Kätzchen, und Grünauge frißt aus deinem Napf. Aber wenn du willst, kannst du die Hundehütte auf dem Hof haben und den alten Napf aus der Spülküche. Komm mir aber nicht ins Haus, Prinz, denn dann stürzt sich bestimmt sofort Grünauge auf dich!«

Also mußte Prinz auf dem Hof leben und aus dem alten Napf fressen. Er traute sich nicht ins Haus. Als er es an einem Nachmittag doch mal versuchte, weil

er sich ganz schrecklich nach einem warmen Feuer und nach einer Hand, die ihn streichelte, sehnte, stürzte sich Grünauge auf ihn und kratzte ihm der Länge nach die Nase auf.

»Bleib du draußen!« zischte Grünauge. »Dies ist mein Haus, nicht deins! Du gehörst auf den Hof. Ich kann Hunde nicht ausstehen. Ich lasse dich hier wohnen, wenn du immer auf dem Hof bleibst, aber sonst nicht. Frauchen hat mich und meine vier Kätzchen und einen Kanarienvogel, der singt. Sie kommt gut ohne einen eitlen kleinen Hund wie dich aus!«

Prinz wußte, daß das stimmte. Er wurde immer weniger eingebildet und bekam auch bald keine Wutanfälle mehr. Er gewöhnte sich an die Hundehütte auf dem Hof. Er begrüßte Frau Tütel immer mit großem Hallo, wenn sie zu ihm hinauskam, und ihre Freunde empfing er mit freudigem Kläffen und leckte ihnen das Gesicht zur Begrüßung.

»Hat der Hund sich aber geändert!« fanden alle. »Wenn Grünauges vier Kätzchen groß genug sind und aus dem Haus gehen, wird sie sich vielleicht mit ihm anfreunden.«

Die Kätzchen kamen zu anderen Leuten, als sie acht Wochen alt waren. Nun war Grünauge nicht mehr die grimmige, beschützende Mutter, die sich ohne viel Federlesens auf jeden Hund stürzte, um ihre Jungen vor dessen zuschnappender Schnauze zu retten.

Prinz sagte eines Tages bescheiden zu ihr: »Es ist sehr kalt hier draußen. Kann ich nicht ein bißchen reinkommen? Ich lege mich bestimmt nicht in deinen Korb.«

»Na schön. Aber daß du's weißt – irgendein Unfug, *und du fliegst wieder raus!«*
Also liegt Prinz jetzt manchmal beim Feuer und wärmt sich, während Grünauge in der Nähe in ihrem Korb schnurrt. Frau Tütel strickt und schmunzelt vor sich hin. Sie denkt, daß Prinz nun wohl doch noch ein netter, verständiger Hund geworden ist!
Prinz liegt da und guckt mit großen Augen Grünauge an – und er denkt im stillen: Jetzt ist ja Grünauge wohl Herrin im Haus! Ach, was waren das für Zeiten, als Frau Tütel die Herrin war und ich machen konnte, was ich wollte!
Aber hatte er es sich nicht selber zuzuschreiben, daß sein Glück ein Ende nahm?
Woff?
Woff??

Strupp

Draußen war naßkaltes Winterwetter. Die Zwillinge wollten aber gern im Garten spielen. »Na schön«, sagte Mutter. »Aber schleppt mir bitte keinen Dreck ins Haus. Putzt euch immer schön die Füße ab, wenn ihr hereinkommt. Wenn ich vom Einkaufen zurückkomme und finde überall Dreck – dann ab ins Bett mit euch!«
Die Zwillinge waren noch nie so brav gewesen. Sie putzten sich jedesmal gründlich die Füße auf der Matte ab und hinterließen keinen einzigen Schmutzfleck.
Strupp, der Hund, aber um so mehr. Er lief hinaus und stapfte in jeder Pfütze herum, die er nur finden konnte, und dann spazierte er ins Haus und hinterließ überall kräftige Dreckspuren. Ja, er sprang sogar auf die Couch und machte die Polster schmutzig.
»Guck dir das mal an!« sagte Stefan ärgerlich. »Strupp, du bist ein sehr unartiger Hund! Warum putzt du dir deine Pfoten nicht ab?«
»Eigentlich müßte er jetzt ins Bett geschickt werden«, sagte Stefanie.
»Oooh, ja!« sagte Stefan sofort. »Natürlich. Ich sehe nicht ein, warum er nicht genauso bestraft werden soll, wie wir bestraft worden wären, wenn wir das ganze Haus schmutzig gemacht hätten.«

»Strupp, komm her!« sagte Stefanie. Strupp ging schwanzwedelnd zu ihr hin.
Die Kinder nahmen ihn mit in ihr Zimmer. »Er kommt in dein Bett, weil du die Idee gehabt hast«, sagte Stefan. Also hoben sie Strupp hoch, schlugen das Deckbett zurück und schoben ihn darunter. Es gefiel ihm überhaupt nicht.
»Nun stell dich nicht so an!« sagte Stefanie. »Du warst unartig, und darum bleibst du jetzt den ganzen Tag im Bett. Bleib liegen!«
Aber Strupp wehrte sich und bellte und jaulte. Da kam Mutter herein, weil sie wissen wollte, was der Lärm bedeuten sollte. Der Mund blieb ihr offenstehen, als sie den Hund in Stefanies Bett sah.

»Strupp hat unten alles dreckig gemacht«, sagte Stefanie. »Also haben wir ihn ins Bett gesteckt. War das keine gute Idee, Mutter?«
Aber, oje, Mutter dachte ganz anders darüber! »Guckt doch nur mal, wie er jetzt die schönen sauberen Laken schmutzig gemacht hat!« rief sie. »Und die Decke hat er eingerissen! Raus, Strupp! Raus mit dir! Und ihr beide geht jetzt statt dessen ins Bett. Oh! Ihr seid mir zwei, ihr Zwillinge!«

Der verzauberte Spazierstock

Klatschmaul Kucki war ein Wichtel, den niemand leiden konnte, und sein Name verrät euch ja schon, warum. Den ganzen Tag lang klatschte er über andere Leute und erzählte garstige, hinterhältige Geschichten über sie, und alle Freunde waren sehr unglücklich darüber.

»Ob wir nicht Kucki dazu bringen können, daß er aufhört zu klatschen?« sagte Gobo, der Nöck. »Er wäre ganz nett, wenn er nur nicht diese häßliche Angewohnheit hätte.«

Aber es hatte alles keinen Zweck – mit Schimpfen und gutem Zureden war bei Kucki nichts auszurichten. Er klatschte einfach weiter.

»Gobo ist heute morgen mit einem Loch im Strumpf einkaufen gegangen«, erzählte er überall herum.

»Pippit hat nicht genug Geld, um diese Woche seine Schokoladenrechnung zu bezahlen!« flüsterte er hinter vorgehaltener Hand.

»Silberflügel ist nicht zu Zehenspütz' Fest eingeladen«, berichtete er. War er nicht ein richtiges Schandmaul? Klatschen ist so abscheulich, und Kucki kam wirklich in jeder Minute mit irgendeiner neuen Geschichte an, so scharf waren seine kleinen grünen Augen, und so lang war seine Nase, die er immerzu in anderer Leute Angelegenheiten steckte.

Ah! Er hat's dann doch einmal zu oft gemacht, wie wir gleich sehen werden!
Als der Zauberer Zugroß in das Dorf kam, in dem Kucki lebte, um seine Tante Mickel-Muckel zu besuchen, war Kucki entzückt – denn Frau Mickel-Muckel wohnte bei Kucki nebenan, und so konnte er den Zauberer belauern.
Der Zauberer Zugroß hatte die Angewohnheit, früh am Morgen aufzustehen und im Morgenrock im Garten spazierenzugehen, um die frische, kalte Winterluft einzuatmen. Kucki hörte ihn und schlich sich gleich ans Fenster.
Da unten in Frau Mickel-Muckels kleinem Garten ging der Zauberer Zugroß, und sein volles, lockiges Haar wehte im Morgenwind.
Und während Kucki noch hinguckte, was passierte da? Tja, das Haar des Zauberers flog im Wind davon! Und Kucki sah, daß er vollkommen kahl war.
»Oh! Er trägt eine Perücke! Er trägt eine Perücke!« flüsterte der Wichtel, der ihn beobachtete. »Das wußte ich ja noch gar nicht! Junge, der ist ja so kahl wie eine Erbse! Ach, nun guck mal! Seine Lockenperücke ist in dem kahlen Rosenstrauch hängengeblieben!«
Der Zauberer Zugroß war entsetzt, als seine Perücke wegflog. Er schaute sich schnell um, weil er wissen wollte, ob jemand in der Nähe war, der vielleicht seine Glatze sehen könnte, aber er erspähte Kucki nicht, der wohlversteckt hinter seiner Gardine stand. Schnell lief er zu dem Rosenstrauch und zog seine Perücke heraus, die mitten zwischen den Ranken gelandet

war. Er zerkratzte sich die Hände an den Dornen und sagte sehr laut: »Ach, verflixt! Verflixt! *Verflixt!*« Dann setzte er die Perücke wieder auf, ziemlich schief allerdings, und verschwand im Haus.

Kucki rieb sich voller Schadenfreude die Hände. Ah, heute morgen hatte er aber was zu erzählen! Er zog sich ganz fix an, frühstückte, setzte seine Zipfelmütze auf und machte sich auf den Weg ins Dorf. Als erster begegnete ihm der Nöck Gobo.

»Gobo, hör mal zu! Der Zauberer Zugroß ist so kahl wie eine Erbse! Sein Haar ist eine Perücke! Heute morgen ist sie weggeflogen, und er hat gesagt: ›Verflixt! Verflixt! *Verflixt!*‹«

»Oho!« sagte Gobo überrascht. »Aber du solltest wirklich nicht so klatschen und alles gleich herumerzählen, Kucki. Das hat man dir doch schon so oft gesagt. Zugroß wäre bestimmt sehr böse, wenn er wüßte, daß du überall herumgetratscht hast, daß er eine Glatze hat!«

»Pah! Das erfährt der doch nicht«, rief Kucki und rannte weiter, um es auch dem Zwerg Hoppeditz zu erzählen, der gerade aus seinem Haus kam.

»Hoppeditz! Paß mal auf! Zugroß, der Zauberer, ist so kahl wie eine Erbse! Sein Haar ist eine Perücke! Sie ist heute morgen weggeflogen, und er hat gesagt: ›Verflixt! Verflixt! *Verflixt!*‹«

»Ach!« sagte Hoppeditzchen mit großen Augen. »Denk mal an! Ich dachte immer, er hätte so schönes lockiges Haar – aber Kucki, Zugroß wäre bestimmt sehr zornig, wenn er wüßte, daß du weitererzählst, was du gesehen hast!«

»Pah! Das erfährt der doch nicht!« rief Kucki und rannte weiter, um seine Neuigkeit noch bei jemand anderem anzubringen.
Nun, er erzählte sie im Laufe des Morgens noch zweiundvierzig weiteren Personen, und zufällig erfuhr am Nachmittag auch Frau Mickel-Muckels alter Gärtner davon. Der Gärtner hatte die Geschichte kaum gehört, da ging er schnurstracks zu Frau Mickel-Muckel und fragte sie, ob es wahr sei, daß ihr Neffe, der große Zauberer, kein einziges Haar auf dem Kopf habe.
»Nanu, wer hat dir denn das erzählt?« fragte Frau Mickel-Muckel. »Soviel ich weiß, ist das Haar, das Zugroß auf dem Kopf hat, sein eigenes. Daß er eine Perücke tragen soll, davon weiß ich nichts.«
Nun traf es sich, daß der Zauberer mit seinen scharfen Ohren diese Unterhaltung Wort für Wort aufschnappte, und er lief rot an bis in den Kragen. Oje! Niemand hatte wissen sollen, daß er eine Perücke trug – und jetzt schien das ganze Dorf es zu wissen! Er hatte seine Haare verloren wegen eines mächtigen Zaubers, der ihm mißlungen war, und er hatte sich eine Lockenperücke machen lassen, die seinem eigenen Schopf aufs Haar glich – und er hatte niemandem, aber auch wirklich niemandem etwas davon erzählt!
Wer hat da geklatscht? überlegte er mit gerunzelter Stirn. Nun, das kriege ich heraus!
Er nahm eine große Silberkugel und legte sie vor sich auf den Tisch. Dann streichelte er sie mit einer Pfauenfeder und sang dazu leise einen Zauberspruch. Als er damit fertig war, schlug er mit der Feder auf die

Kugel und sprach laut: »Nun möge das Gesicht des Klatschmauls erscheinen!«
Und, o du meine Güte, du liebe Zeit! Wie höchst sonderbar und merkwürdig! In der Silberkugel erschien ein verschwommenes Gesicht, und als der Zauberer nun aufmerksam daraufschaute, wurde es immer klarer und deutlicher, und schließlich guckte ihn Klatschmaul Kuckis Gesicht an!
»Wie heißt du?« fragte der Zauberer.
»Kucki!« sagte das Gesicht in der Silberkugel.
»Wo wohnst du?« fragte der Zauberer streng.
»Nebenan«, antwortete das Gesicht. Da schlug der Zauberer mit der Pfauenfeder auf die Kugel, und das Gesicht wurde allmählich undeutlicher und verschwand dann ganz. Zugroß legte die Kugel auf ein Regal und setzte sich hin, um nachzudenken.
Aha! Also war es dieser garstige kleine Kucki von nebenan! Morgens früh hatte er gesehen, wie seine Perücke wegflog, und war dann herumgegangen und hatte es allen brühwarm erzählt! Dieses abscheuliche kleine Klatschmaul! Seine Tante, Frau Mickel-Mukkel, hatte ihm oft erzählt, was für ein Tratschhansel dieser Kucki war – und es wurde wahrhaftig höchste Zeit, daß dieser Wichtel einmal bestraft wurde.
Am nächsten Tag ging der Zauberer Zugroß in ein Geschäft, das Spazierstöcke führte. Er kaufte einen mit einer Krücke. Es war ein wirklich schöner Stock, knallrot mit gelber Krücke, und um den Hals trug der Stock einen silbernen Kragen. Wenn man die Krücke drehte, ging der Griff ab. Es war wirklich ein ganz fabelhafter Spazierstock.

Zugroß ging damit zum Haus seiner Tante zurück. Er schraubte den Griff ab und tat einen komischen blauen Zauber in den Hals des Stockes. Dann setzte er den Griff wieder drauf, schraubte ihn fest, hängte sich den Stock über den Arm und ging nach nebenan, um Kucki zu besuchen.

Kucki öffnete ihm persönlich, und Junge, war der überrascht, als er den Zauberer plötzlich vor sich sah! Gleich fingen ihm die Knie an zu zittern, weil Zugroß ja wußte, daß Kucki überall herumerzählt hatte, der Zauberer sei kahl und trage eine Perücke. Aber Zugroß machte gar kein böses Gesicht, und er schimpfte auch gar nicht – nein, er verbeugte sich nur höflich und hielt Kucki den knallroten Spazierstock hin.

»Ich höre, du bist ein Klatschmaul«, sagte er. »Bitte, nimm diesen Stock als ein Geschenk von mir entgegen – es ist ein Stock, den alle Klatschmäuler bei sich tragen sollten!«

Kucki verging fast vor Angst! Er wußte, daß der Stock ganz bestimmt verzaubert war, und hatte Angst, ihn anzunehmen – aber er hatte auch Angst, ihn zurückzuweisen! Also stand er einfach nur zitternd da und klappte den Mund auf und zu wie ein Goldfisch und wußte nicht, was er machen sollte.

Der Zauberer stellte den Spazierstock in Kuckis Schirmständer und ging zum Haus seiner Tante zurück. Kucki stand in der Diele und hatte große Angst vor dem Stock. Aber der sah eigentlich ganz harmlos aus. Er tat nichts und sagte auch nichts, also schnitt Kucki ihm plötzlich ein Gesicht.

»Puh!« sagte er. »Du mußt nicht glauben, daß ich

Angst habe vor dir! Ich nehme dich nicht mit, wenn ich ausgehe, und ich werde dich überhaupt nicht beachten – dann wirst du mir auch nichts antun können, du dummer alter Stock, du!«
Der Stock stand still da und sagte nichts. Und in dem Augenblick klopfte es wieder an der Tür. Kucki öffnete, und draußen stand Gobo, der Nöck.
»Ah, Kucki«, sagte er. »Ich bringe das Buch zurück, das du mir geliehen hast. Vielen Dank.«
»Oh, danke«, sagte Kucki. »Du, guck mal – siehst du den Tintenklecks da auf dem Umschlag? Hoppeditz

hat ihn gemacht, als ich ihm das Buch geliehen habe. War doch sehr liederlich von ihm, nicht?«

»Ach, fang nicht schon wieder an zu klatschen«, begann Gobo – und dann brach er überrascht ab! Der rotgelbe Stock war aus dem Ständer gehüpft und verprügelte Kucki! Und dabei rief er immer wieder: »Klatschmaul Kucki! Klatschmaul Kucki!«

Kucki heulte vor Schmerzen und rannte in die Küche, aber der Stock tanzte hinter ihm her, und erst als er sagte, es tue ihm leid, daß er geklatscht habe, hörte der Stock auf, ihn zu verprügeln und ging still und friedlich in seinen Ständer zurück.

»Oje, Kucki, dann nimm dich aber von jetzt an in acht!« sagte der Nöck Gobo. »Dieser Stock haut dich windelweich, wenn du noch weiter Klatschgeschichten herumerzählst. Haha! Wird das aber ein Gelächter geben, wenn man die Geschichte von deinem Spazierstock hört, was?«

»Oh, erzähl's bitte niemandem! Bitte, erzähl's niemandem!« bettelte Kucki. »Alle würden mich schrecklich auslachen.«

»Na, du erzählst doch auch immer Sachen über andere Leute«, sagte Gobo. »Warum soll ich nicht auch mal etwas über *dich* erzählen, Kucki?« Und damit ging er und lachte gluckernd vor sich hin.

Kucki guckte den verzauberten Spazierstock mit finster gerunzelter Stirn an. Dann stürzte er sich plötzlich auf ihn, riß ihn aus dem Ständer und schmiß ihn durch die Hintertür in den Garten. Er knallte die Tür schnell zu und schrie: »Bleib draußen, du elender Knüppel!«

Er stellte den Kessel aufs Feuer, um sich Kakao zu machen, denn er fühlte sich wirklich richtig krank – und da hörte er oben im Haus ein Getippel. Das Getippel kam die Treppe herunter, und, du liebe Zeit, als Kucki einen Blick in die Diele warf, stand der verzauberte Spazierstock schon wieder im Schirmständer! Er war zu einem der Schlafzimmerfenster hereingekrabbelt und allein wieder zum Ständer zurückgetippelt.

Nachdem Kucki eine Tasse Kakao getrunken hatte, wurde es Zeit, daß er einkaufen ging. Also setzte er seine Zipfelmütze auf und machte sich auf den Weg – aber als er durch die Diele kam, sprang der Stock aus dem Ständer und hängte sich ohne großes Aufsehen bei Kucki ein! Der merkte es überhaupt nicht und ging mit dem Stock am Arm weiter.

Bald begegnete er Frau Kuschel, der Luftballonverkäuferin, und er blieb stehen, um mit ihr zu reden.

»Denken Sie nur mal an«, sagte er, »ich habe gehört, daß Frau Holla, die im Zitronenhaus wohnt, neulich zwei von Ihren Luftballons gestohlen hat, als Sie mal gerade nicht aufgepaßt haben.«

Mit einem Hopser riß sich der verzauberte Spazierstock von Kuckis Arm los, und bevor der verdatterte Wichtel noch entwischen konnte, drosch er schon wieder tüchtig auf ihn ein und rief dabei immer wieder aus Leibeskräften: »Klatschmaul Kucki! Klatschmaul Kucki!«

Im Nu hatte sich eine große Wichtel- und Zwergenmenge versammelt, und ei, war da jedermann entzückt, als man sah, daß Kucki gründlich verdroschen wurde, weil er wieder einmal geklatscht hatte! Alle klatschten in die Hände und riefen »Hurra«, denn da war niemand, über den Kucki nicht schon irgend etwas herumgeschwatzt hatte. Kucki wehrte sich gegen den Stock, aber der Stock war zu fix für ihn, und schließlich nahm der heulende Wichtel Reißaus und rannte, so schnell er konnte, zu seinem Haus zurück. Der verzauberte Spazierstock flog hinter ihm her und hakte sich wieder manierlich bei ihm ein – und als der Wichtel schließlich zu Hause ankam, mußte er feststellen, daß er den Stock wieder mitgebracht hatte!

»Das wirst du mir büßen, daß du mich vor allen Leuten verhauen hast!« heulte Kucki zornig. »Ich verbrenne dich, jawohl, das mache ich!«

Er ging in den Garten und zündete ein Feuer an. Dann holte er den Stock und warf ihn hinein. Die Flammen loderten hoch auf, und Kucki rieb sich vergnügt die Hände. Hurra! Jetzt war der Stock hin!

Er rannte ins Haus, um sich umzukleiden, denn er sollte zum Abendessen zu seiner Tante Wumpel kommen, die am anderen Ende des Dorfes wohnte. Er zog seine beste gelbseidene Jacke an und seine schönsten grünen Kniehosen. Dann setzte er sich hin und las ein Buch, bis es Zeit zum Aufbrechen wurde.

Er hörte nicht das Tippeln über den Fußboden auf sich zukommen – aber plötzlich spürte er, wie ihn etwas streifte – und, o du liebe Zeit, da war der verzauberte Spazierstock wieder! Er war nicht verbrannt, wohl aber war er im Feuer ganz schwarz und rußig geworden, und als er über Kuckis schönen Anzug strich, machte er alles schwarz und schmutzig.

»Geh weg! Geh weg!« brüllte Kucki zornig. »Ich dachte, du bist verbrannt! Guck doch mal, wie du meine sauberen Sachen verschandelt hast!«
Der Stock ging aber nicht weg. Er wischte sich so lange an Kucki ab, bis er wieder ganz sauber war – und ihr hättet mal Kucki sehen sollen, als er damit fertig war! Wie ein richtiger kleiner Schornsteinfeger sah er aus!
Er hätte weinen mögen vor Wut. »Na schön!« sagte er. »Warte nur, du elender Stock. Ich werde dich ersäufen!«
Er schnappte sich den verzauberten Spazierstock und rannte damit zum Brunnen. Plitsch-platsch! Er warf ihn tief unten ins Wasser, und da sollte er jetzt ertrinken.
Ho! dachte er, als er sich dann saubere Sachen anzog, jetzt ist der garstige Stock erledigt!
Er machte sich eilig auf den Weg zu Tante Wumpel und blieb bei ihr, bis es dunkel wurde. Dann lief er wieder nach Hause und zog sich gleich aus, um zu Bett zu gehen, denn es war schon spät. Er schlief bald ein und fing an zu schnarchen.
Plötzlich schreckte er aus dem Schlaf auf! Was war denn das bloß für ein Geräusch? Er setzte sich im Bett hin. Etwas zwängte sich zum Fenster herein, das nur einen Spalt offenstand. Dann – oje, hörte er etwas über die Holzdielen tippeln, und kaum hatte er das gehört, da kroch etwas zu ihm ins Bett.
»Laß mich dicht zu dir ran, ich friere, und ich bin naß«, sagte der verzauberte Spazierstock. »Den ganzen Abend habe ich mich abgequält, um wieder aus

dem Brunnen herauszukommen, und jetzt bin ich müde und kalt.«
Der nasse Stock drückte sich fest an Kucki, und Kucki lief es kalt den Rücken herunter. Er rutschte so weit von ihm weg, wie er konnte, aber der Stock kroch immer hinter ihm her. Er traute sich nicht, ihn wegzuschubsen, weil er Angst hatte, er könne ihn wieder verprügeln. Also lagen er und der Stock die ganze Nacht bibbernd nebeneinander im Bett, und Kucki war so bang ums Herz, wie es einem kleinen Wichtel nur je bang gewesen sein kann.
Am nächsten Morgen zog er sich mit sehr ernster Miene an und überlegte angestrengt. Er konnte diesen Stock nicht verbrennen – er konnte ihn nicht ersäufen – vielleicht konnte er ihn zu Kleinholz zerhakken und seinen Ofen damit anzünden. Also holte er sein Beil und legte den Spazierstock auf den Hackklotz. Hack! Hack! Hack! Es nützte überhaupt nichts – der Stock war so hart wie Eisen. Jedesmal, wenn er auf ihn einhackte, sprang er hoch und schlug ihn auf die Nase, und schon bald warf Kucki das Beil verzweifelt hin.
»Hat alles keinen Zweck, Kucki«, sagte der Stock, während er zum Schirmständer zurückhüpfte. »Du wirst mich nicht wieder los. Du mußt dich mit mir abfinden, etwas anderes bleibt dir nicht übrig.«
Kucki mußte es einsehen. Es blieb ihm nichts anderes übrig, als mit dem verzauberten Spazierstock zu leben. Er ging überallhin mit, und wenn Kucki sich aus dem Haus zu schleichen versuchte, hüpfte der Stock hinter ihm her und hakte sich bei ihm ein. Jedesmal,

wenn er irgend etwas über jemand anders herumschwatzte, verdrosch der Stock ihn gründlich und rief laut: »Klatschmaul Kucki! Klatschmaul Kucki!«
Und es dauerte nicht lange, da überlegte Kucki es sich sehr, bevor er eine Klatschgeschichte erzählte! Wenn seine Zunge mit dem Erzählen anfing, machte sich der Stock an seinem Arm durch einen kräftigen Ruck bemerkbar – und dann machte Kucki rasch aus der garstigen Geschichte eine nette Geschichte, damit der Stock ihn ja nicht wieder verprügelte.
»Hast du schon gehört, daß Gobo . . .?« fing er also zum Beispiel an, und dann spürte er den Stock, der nur darauf wartete, ihn zu verhauen, falls er etwas Häßliches erzählte, und schleunigst änderte er seine Geschichte: »Hast du schon gehört, daß Gobo dem kleinen Jungen des Gärtners ein hübsches Schaukelpferd geschenkt hat? War das nicht nett von ihm?«
Dann blieb der Stock ruhig und friedlich an seinem Arm hängen, und Kucki freute sich. Aber war das schwierig, immerzu daran zu denken, daß man nur nette Sachen über die Leute im Dorf erzählte! Seit so vielen Jahren schon war er nun ein garstiges kleines Klatschmaul, daß es ihm schwerfiel, plötzlich damit aufzuhören. Er bezog noch manch eine Tracht Prügel, bevor er sich endlich eines Besseren besann.
Schließlich war er so weit, daß er wußte, er würde nie, nie wieder häßlich über jemanden reden. Er war ein freundlicher, gutherziger kleiner Wichtel geworden, und der verzauberte Spazierstock hing ihm zwar immer noch am Arm, wenn er ausging, verdrosch ihn aber nicht mehr, weil es nie mehr nötig war.

Eines Morgens, als Kucki zum Einkaufen ins Dorf ging, riß sich der Stock plötzlich von seinem Arm los und tippelte fix die Straße entlang, ganz allein.
»Wo willst du hin?« rief Kucki hinter ihm her.
»Oh, ich ziehe in die Welt hinaus, um mein Glück zu suchen!« gab der Spazierstock zurück. »Du brauchst mich jetzt nicht mehr. Du bist ja kein Klatschmaul mehr!«
»Ach, komm doch zurück und sei einfach mein Spazierstock!« rief Kucki. »Ich habe dich richtig liebgewonnen, Stock!«
»Nein, nein!« antwortete der Stock. »Ich bin ein verzauberter Spazierstock. Ich kann nicht einfach ein gewöhnlicher Spazierstock sein. Lebewohl, Kucki, weine mir nicht allzusehr nach. Ich suche mir jetzt ein neues Klatschmaul!«
Und damit tippelte er über den Berg und war verschwunden. Er ging nicht zum Zauberer Zugroß zurück (dem, was zu wissen euch freuen wird, nach Benutzung der Haarcreme seiner Tante Mickel-Muckel alle Haare wieder nachwuchsen), und er wurde auch nie wieder in Kuckis Dorf gesehen.
Wahrscheinlich tippelt er immer noch durch die Welt und wartet darauf, daß er jemanden eine unfreundliche Geschichte über jemand anderen erzählen hört – und bei dem hakt er sich dann ein, damit er ihn bei nächster Gelegenheit tüchtig verdreschen kann! Vorsicht also, ja? Keine häßlichen Sachen über andere sagen – man kann nie wissen, ob dieser verzauberte Spazierstock nicht gerade irgendwo in der Nähe vorbeitippelt!

Was ist denn bloß mit Michael los?

»Ich habe schon vier Mark und dreißig Pfennig für Weihnachtsgeschenke gespart«, sagte Jutta, die gerade die Fünfer und Groschen aus ihrer Sparbüchse zählte.

»Ich habe genau drei Mark«, sagte Peter. »Ich mußte eine Mark in der Schule spendieren für Fräulein Schwarz' Hochzeitsgeschenk. Wieviel hast *du*, Michael?«

»Nicht viel«, antwortete Michael und kippte seine Sparbüchse auf dem Tisch aus. Ein Groschen und ein Fünfpfennigstück rollten heraus. »Fünfzehn Pfennig. Aber warum soll ich denn auch sparen?«

»Du bist ziemlich gemein, wenn du mich fragst«, schimpfte Jutta. »Du sparst nie, um den anderen etwas zum Geburtstag oder zu Weihnachten schenken zu können. Du schenkst einfach irgendwelche alten Spielsachen von dir, die du nicht mehr magst. Du gibst all dein Geld für dich selber aus und versuchst überhaupt nicht, etwas zu verdienen und zu sparen, wie wir das machen!«

»Er ist faul«, sagte Peter. »Der strengt sich für niemanden an. Nicht, Michael? Du läßt uns unser gespartes Geld für ein Weihnachtsgeschenk für dich ausgeben – aber es fällt dir im Traum nicht ein, dasselbe für uns zu tun.«

»Ach, seid still«, erwiderte Michael. »Wir können nicht alle gleich sein. Ich möchte einfach kein Geld verdienen, und ich möchte nicht sparen. Ihr macht's eben gern und ich nicht.«
Er ging aus dem Spielzimmer und knallte die Tür hinter sich zu.
»Er ist wirklich geizig«, sagte Jutta. »Er hat nicht einmal ein Geschenk für Mama gekauft zu ihrem letzten Geburtstag. Er ist einfach nur hingegangen und hat ihr ein paar Blumen im Garten gepflückt.«
»Hm – das wird wohl nie anders werden mit ihm«, meinte Peter. »Ihm ist es eben ganz egal.«
»Es hat aber auch sein Gutes«, sagte Jutta. »Er borgt sich nie etwas von uns. Nicht wie diese Ellen in der Schule, die immerzu irgend etwas borgt.«
»Und es würde ihm nie einfallen, Geld wegzunehmen, das jemand anderem gehört«, sagte Peter, »wie dieser ekelhafte kleine Norbert in der Schule. *Der* hat Hannes nämlich Geld gestohlen – aus dem Pult. Werner hat ihn dabei ertappt und dafür gesorgt, daß er's wieder zurückgelegt hat.«
»Ja – Michael ist Gott sei Dank kein Borger und kein Dieb«, sagte Jutta. »Er ist einfach unachtsam und schludrig und ziemlich geizig. Er schenkt fast nie etwas.«
Michael suchte unterdessen im Garten nach einem Ball, den er verloren hatte. Er dachte an Jutta und Peter und an das Geld, das sie in ihren Sparbüchsen hatten, und machte ein mürrisches Gesicht. So ein Theater um Sparen und Geldausgeben für andere Leute! Geburtstage und Weihnachten waren die reinste

Plage! Man mußte schon genug kaufen, auch ohne noch ständig Geld für Geschenke auszugeben!
Ich besitze fünfzehn Pfennig – und soweit ich sehen kann, ist das so ungefähr alles, was ich zu Weihnachten für Mama und Papa und Jutta und Peter ausgeben kann, dachte Michael, während er unter den Büschen nach seinem Ball herumstöberte. Vielleicht finde ich noch irgendwo fünf Pfennig, dann habe ich für jeden einen Fünfer. Dafür schenke ich allen eine Weihnachtskarte.
Am Tag darauf kam die Mutter ins Spielzimmer, wo die drei Kinder gerade lasen. »Geht einer von euch ins Dorf und holt mir ein paar süße Wecken zum Kaffee?« fragte sie. »Ich wollte selber welche backen, bin aber nicht dazu gekommen.«
»Ich gehe«, antwortete Michael. »Ich muß sowieso mein Fahrrad abholen. Es ist bei Andreas zu Hause. Ich habe es ihm geliehen.«
»Gut«, sagte die Mutter. »Hier hast du eine Mark, Michael. »Such fünf schöne Wecken aus – sie kosten zwanzig Pfennig das Stück. Und kannst du dann bitte auch gleich nebenan in den Milchladen gehen und unsere Milchrechnung bezahlen? Da ist sie. Genau zehn Mark. Ich gebe dir einen Zehnmarkschein dafür. Steck das Markstück und den Zehnmarkschein gut weg – tu beides in dein Portemonnaie. Bring die Rechnung wieder mit, und achte darauf, daß das Mädchen sie quittiert, damit ich weiß, daß sie bezahlt ist.«
»Wird gemacht, Mama«, sagte Michael und nahm den Zehnmarkschein und das Markstück. Er fühlte in seiner Tasche nach dem Portemonnaie, aber da war

es nicht. Verflixt! Wo konnte es sein? Ach, ich stecke das Geld mal einfach so ein, dachte er. Lange bleibt es ja sowieso nicht drin.
Er zog Mantel und Mütze an und ging pfeifend nach draußen. Es schneite ganz toll, und darüber freute er sich. Er war gern draußen im Schnee. Große Schneeflocken fielen rund um ihn her. Er schaute zum schwer verhangenen Himmel auf. Tausende von Schneeflocken fielen lautlos vom Himmel auf die Erde – ein schönes, aber auch sehr sonderbares Gefühl.
Er stapfte durch den Schnee zum Gartentor. Dann ging er auf die Straße hinaus. Zuerst holte er sein Fahrrad bei Andreas zu Hause ab, aber er konnte nicht damit fahren, weil der Schnee schon zu tief war. Er schob es zum Bäcker und guckte sich erst einmal die Auslage an. Welche Wecken sollte er kaufen? Es gab verschiedene Sorten. Na, am besten nahm er von jeder Sorte einen oder zwei.
Er ging in den Laden, und das Mädchen tat fünf Wekken in eine Tüte. Er gab ihm die Mark und ging nach draußen zu seinem Fahrrad. So, was sollte er jetzt noch erledigen? Ah ja – die Milchrechnung bezahlen. Er fühlte in der Tasche nach dem Zehnmarkschein und holte ihn heraus. Er würde ihn abgeben, darauf warten, daß das Mädchen »Betrag dankend erhalten« auf die Rechnung schrieb, und dann nach Hause gehen. Morgen würde er zusehen, daß Jutta und Peter mit ihm in den Garten gingen und einen Schneemann bauten.
Er ging in den Milchladen. Er fühlte in seiner Tasche

nach dem Zehnmarkschein. Er war nicht da! Er suchte mit fliegenden Fingern alle Taschen ab, eine nach der anderen – aber er konnte den Geldschein nicht finden!

Er ging schnell wieder aus dem Laden raus, bevor das Mädchen kam, um ihn zu bedienen. Er war vollkommen verstört. Wo konnte der Zehnmarkschein denn bloß geblieben sein? Zehn Mark waren viel Geld. Er suchte noch einmal in seinen Taschen, diesmal langsam und ganz, ganz sorgfältig. Aber der Zehnmarkschein war ganz sicher nicht da. Michael leerte seine Taschen aus und legte alles oben auf eine schneebedeckte Mauer in der Nähe. Bindfaden. Zwei Rahmbonbons. Ein kleiner Ball. Ein Bleistift. Ein Radiergummi. Eine große Murmel. Aber kein Zehnmarkschein.

»Ich muß ihn irgendwo fallengelassen haben«, dachte Michael und ging noch einmal zum Bäckerladen zurück. Nein, hier war er ihm nicht hingefallen. Der Laden war leer, und nichts lag auf dem Boden. Draußen im Schnee lag auch nichts.

Bestimmt ist er schon zugeschneit, dachte Michael. Irgendwo ist er mir hingefallen, und dann ist er zugeschneit. Verflixt! Ein ganzer Zehnmarkschein! Mama wird sehr böse sein. Ich weiß doch, daß sie auch für Weihnachten spart.

Ihm war ganz jämmerlich zumute, als er nun sein Fahrrad nach Hause schob. Mama hatte ihm doch ausdrücklich gesagt, er solle das Geld in sein Portemonnaie stecken! Geld konnte man so leicht verlieren. Was sollte er ihr nur sagen? Falls sie es Papa er-

MILCH

zählte, würde der schrecklich mit ihm schimpfen. Papa schätzte es gar nicht, daß jemand schludrig mit anderer Leute Geld umging.
Ich kann Mama nicht einmal etwas aus meiner Sparbüchse geben, um den Schaden wiedergutzumachen, dachte Michael. Ich habe ja nur fünfzehn Pfennig.
Er schob sein Fahrrad bergauf nach Hause und dachte dabei angestrengt nach. Wenn ich nun versuche, etwas Geld zu verdienen – vielleicht kriege ich sogar zehn Mark zusammen, wenn ich's versuche! Dann könnte ich hingehen und die Milchrechnung bezahlen, und niemand würde überhaupt erfahren, daß ich Mamas Geld verloren habe. Die Milchrechnung wird bestimmt vor einer Woche nicht gemahnt, also habe ich eine Woche Zeit. Ich könnte es doch jedenfalls versuchen. Wahrscheinlich ist es aber sehr schwierig, soviel Geld zu verdienen.
Er stellte sein Fahrrad unter und ging ins Haus. Seine Mutter kam ihm schon entgegen und nahm ihm gleich die Wecken ab. »Leg die Milchrechnung in das Fach in meinem Schreibtisch, Michael«, bat sie ihn. »Hm, leckere Wecken hast du ausgesucht! Der Kakao ist in fünf Minuten fertig. Sag den anderen schon mal Bescheid, ja?«
Michael ging ins Spielzimmer, um Jutta und Peter Bescheid zu sagen. Die beiden zählten immer noch ihr Geld und machten Geschenklisten für Weihnachten. »Ich habe noch nicht genug Geld«, sagte Jutta. »Zwei Mark muß ich noch verdienen.«
»Ich brauche noch ein bißchen mehr«, sagte Peter. »Ah, Michael. Du hast ja eine Ewigkeit gebraucht.«

Michael guckte sich die kleinen Geldstapel an und wünschte, er hätte genausoviel. »Wie wollt ihr denn noch mehr verdienen?« fragte er.
»Hm, was *ich* mache, weiß ich schon«, sagte Peter. »Ich schaufele den Leuten den Schnee von ihren Wegen vorm Haus. Dafür geben sie immer was.«
»Und ich gehe zu Frau Johannsen und frage sie, ob ich mit ihren beiden kleinen Kindern nachmittags spazierengehen soll«, sagte Jutta. »Und ich könnte auch Tante Nora fragen, ob sie vielleicht Besorgungen zu machen hat. Sie weiß, daß ich für Weihnachten spare, und sie gibt mir für jede Besorgung einen Groschen. Ich habe ihr gesagt, daß ich immer umsonst Besorgungen für sie mache, wenn ich nicht gerade sparen muß.«
Michael nahm sich vor, zur Oma zu gehen und sie zu fragen, ob sie nicht irgendwelche Besorgungen zu machen habe, die er für sie erledigen könne. Und er würde seinen Spaten und seinen Besen nehmen und selber auch ein bißchen Schnee räumen! Und wie wäre es, Onkel Richards Wagen zu waschen? Onkel Richard hatte mal im Spaß gesagt, er werde jedem dafür zwei Mark zahlen. Aber es war so viel Arbeit, daß sich bisher keiner von ihnen daran gewagt hatte.
Niemand konnte sich in den nächsten Tagen erklären, was denn bloß in Michael gefahren sein mochte. Er schaufelte Schnee weg vor diesem Haus und jenem Haus. Er machte Besorgungen für Oma – fix und zuverlässig. Er erschien bei Onkel Richard zu Hause und fragte ihn, ob er seinen Wagen waschen dürfe.
»Zwei Mark fünfzig, wenn du's gut machst«, sagte

Onkel Richard, der sich darüber freute, daß es gerade Michael war, der sich dazu erbot. Er hatte nämlich Michael immer für den Faulpelz in der Familie gehalten.

Mama staunte nur, als sie hörte, was Michael alles machte. Oma lobte ihn, weil er alles so gut und so schnell erledigte. Onkel Richard sagte, sein Wagen sei noch nie so sauber gewesen, und er gab Michael drei Mark statt der versprochenen zwei fünfzig. Frau Braun und Frau Thomas erzählten Mama, wie gründlich Michael den Schnee vor ihrer Haustür weggeschaufelt habe.

»Was ist denn bloß mit Michael los?« fragte sie sich verwundert. Die beiden anderen Kinder fragten sich dasselbe – mehrmals am Tag. »Was kann denn nur mit Michael los sein? Bestimmt spart er jetzt doch für Weihnachten! Er verdient eine Menge Geld! Wenn wir Glück haben, kriegen wir Geschenke von ihm!«

Michael sagte nicht, daß er dabei sei, für Weihnachten zu sparen, denn es stimmte ja nicht. Er versuchte Geld zu verdienen, um die Milchrechnung zu bezahlen, weil er doch den Zehnmarkschein verloren hatte.

Eines Abends kippte er seine Spardose aus, und er zählte laut, was er inzwischen gespart hatte:

»Zwei Zweimarkstücke. Viermal eine Mark. Vier Fünfzigpfennigstücke. Ein Groschen. Ein Fünfer. So, und jetzt wollen wir das mal zusammenzählen.«

Habt *ihr* schon zusammengezählt? Ja? Na, dann wißt ihr ja, wieviel es zusammen ist – zehn Mark und fünfzehn Pfennig! Eine Menge Geld!

Jetzt kann ich die Milchrechnung bezahlen! dachte

Michael und freute sich sehr. Und genau in diesem Augenblick kam seine Mutter herein. Sie hielt etwas in der Hand.

»Guck mal, Michael«, sagte sie. »Ich wollte deinen alten Anzug in die Reinigung geben und habe deshalb die Taschen leergemacht. In einer Tasche war ein Loch, und das hier war ins Futter gerutscht – ein Zehnmarkschein! Wo hast du den denn her?«

Michael stand da und starrte mit großen Augen den Geldschein an. Du meine Güte! Also hatte er ihn doch nicht verloren – er war ins Futter gerutscht! Und da war er wieder!

»Ach, Mama«, sagte er. »Ich will dir erzählen, was passiert ist. Ich weiß, ich hätte es dir schon vorher sagen sollen. Du hast mir den Schein gegeben, damit ich die Milchrechnung damit bezahlte – und ich habe gedacht, ich hätte ihn verloren; ich wußte nicht, daß er ins Futter gerutscht war. Also konnte ich die Rechnung nicht bezahlen, und ich habe die ganze Woche schwer geschuftet, um die Milchrechnung selber bezahlen zu können. Und nun guck dir mal an, was ich verdient habe! Ich habe zehn Mark und fünfzehn Pfennig in meiner Spardose!«

»Oh, Michael!« sagte seine Mutter überrascht. »Du hättest es mir doch sagen sollen, dann hätte ich im Futter nachgeguckt und den Schein gefunden. Aber, na ja – jetzt hast du diesen Schein, um die Rechnung zu bezahlen – und all das Geld noch dazu!«

»Für Weihnachtsgeschenke!« sagte Michael. »Ja, das mache ich. Ich habe gespart wie die anderen – und ich mache mir jetzt eine schöne Geschenkliste!«

Und das tat er dann auch. Er schrieb die Namen von all denen, die er beschenken wollte, untereinander, und daneben schrieb er die Sachen, die er kaufen wollte. Oh, er würde mit großem Vergnügen durch die Geschäfte gehen und seine Einkäufe machen, und – o ja! – alle würden sich sehr über ihre Geschenke freuen! Und sie freuten sich natürlich wirklich – und ihr Dankeschön klang Michael hübsch in den Ohren. Es waren die fröhlichsten Weihnachten, die er jemals erlebt hatte!

Weitere Blyton-Serien
im Bertelsmann Jugendbuchverlag

5 Freunde erforschen die Schatzinsel
5 Feunde auf neuen Abenteuern
5 Freunde auf geheimnisvollen Spuren
5 Freunde auf Schmugglerjagd
5 Freunde beim Wanderzirkus
5 Freunde auf der Felseninsel
5 Freunde im Zeltlager
5 Freunde geraten in Schwierigkeiten
5 Freunde helfen ihrem Kameraden
5 Freunde auf großer Fahrt
5 Freunde als Retter in der Not
5 Freunde im Alten Turm
5 Freunde jagen die Entführer
5 Freunde verfolgen die Strandräuber
5 Freunde wittern ein Geheimnis
5 Freunde auf dem Leuchtturm
5 Freunde im Nebel
5 Freunde und das Burgverlies
5 Freunde und ein Zigeunermädchen
5 Freunde und der Zauberer Wu
5 Freunde machen eine Entdeckung
Rätsel um das verlassene Haus
Rätsel um die grüne Hand
Rätsel um den unterirdischen Gang
Rätsel um den geheimen Hafen
Rätsel um den wandelnden Schneemann
Rätsel um die verbotene Höhle
Rätsel um den tiefen Keller

Die Schwarze Sieben
Bravo, Schwarze Sieben
Geheimpolizei Schwarze Sieben
Schwarze Sieben auf der Fährte
Weiter so, Schwarze Sieben
Gute Arbeit, Schwarze Sieben
Die Schwarze Sieben schafft es
Hoch, die Schwarze Sieben
Ein Geheimnis der Schwarzen Sieben
Augen auf, Schwarze Sieben
Die Schwarze Sieben jagt den Dieb
Alle Achtung, Schwarze Sieben
Aufgepaßt, Schwarze Sieben
Die Schwarze Sieben übertrifft sich selbst
Die Arnoldkinder reißen aus
Die Arnoldkinder bewähren sich
Die Arnoldkinder halten zusammen
Die Arnoldkinder auf heißer Spur
Die Arnoldkinder auf Geisterjagd
Die Arnoldkinder jagen die Waffenschmuggler
Die Arnoldkinder in großer Bedrängnis
Lissy will mit dem Kopf durch die Wand
Lissy schafft sich neue Freunde
Geschichten vor dem Schlafengehen
Die Zaubernadel und andere Geschichten
vor dem Schlafengehen
Mit Enid Blyton durch das Jahr
Frühlings-, Sommer-, Herbst- und
Wintergeschichten

BERTELSMANN JUGENDBUCHVERLAG